어른이 되어보니

어른이 되어 보니

이주형 지음

다연
DAYEONBOOK

주어진 행복을 알아차리고 감사함으로

일 상 을 누 릴 수 있다면 얼마나 좋 을 까

다 지나가 버리기 전에 말이다

INTRO

결국 다 지나간다

"가장 행복했던 때는 언제인가요?"

사람들에게 이런 질문을 하면 대부분 짧은 생각에 잠긴다.

'내가 언제 행복했지?'

그러고는 고민 끝에 가장 행복했던 때를 생각해낸다.

"몇 년의 도전 끝에 취업했을 때요."

"결혼했을 때 가장 행복했지요."

"나를 쏙 닮은 첫 아이를 낳았을 때요. 그땐 정말 행복하더군요."

그러나 정작 기억 속의 그때, 자신이 행복하다는 사실을 인지하고 있었을까? 먼 훗날 같은 질문을 받는다면 혹시 '지금의 나'를 떠올리고 있지는 않을까?

누구나 행복을 추구하며 살고 있지만 많은 이가 정작 주어진 행복을 누리는 데 서툴다. 행복한 시절을 물어보면 당연히 과거를 떠올리니까. 지금 이 순간이 인생 중 가장 행복한 때일 수도 있지 않은가. 내 손안에 주어진 행복을 알아차리고 감사함으로 일상을 누릴 수 있다면 얼마나 좋을까. 다 지나가버리기 전에 말이다.

주위를 둘러보면 힘들어하는 사람을 어렵지 않게 볼 수 있다. '저 사람은 부족한 것이 없어 보이는데 도대체 왜 힘들어하는지 모르겠어' 싶기도 하다. 그런데 누구에게나 삶의 무게는 무거운 법이다. 잘나가는 연예인도 대기업 회장도 공황장애에 걸리고, 심지어 목숨을 포기하지 않는가.

남성들에게 군대는 살면서 겪는 고난의 경험 중 하나지만 막상 닥쳐보면 또 그리 어렵지 않다. 고통이 끝나는 시간이 정해져 있어 언젠가는 지나갈 것을 알기 때문이다. 또 같은 처지의 전우들이 있게 마련이다. 그러나 일상 속 우리에게 주어진 삶의 무게는 언제 가벼워질지, 언제 이 고통이 끝날지 모른다. 그리고 대부분 오롯이 혼자 견뎌내야 한다. 마치 끝을 알 수 없는, 심지어 끝없는 터널 속에서 혼자 덩그러니 길을 잃은 것 같은 느낌이 든다. 그러나 확실한 것은 힘들고 고통스러운 순간도 분명 지나간다는 것이다. 누구에게나 팍팍하고 힘든 일상이지만 힘들고 고통스런 순간들도 다 지나간다는 사실이 얼마나 큰 위로와 힘이 되는지 모른다.

연말에는 정기적으로 명함을 정리한다. 수많은 이름을 보자면 '참 많은 사람을 만났구나' 싶다. 언제 어디서 만났는지 기억나지 않는 사람도 많다. 그럼에도 여전히 새로운 사람들을 만나는 일은 계속된다.

전에 근무하던 직장에서 동료 세 명과 함께 점심 식사를 할 때였다.

같은 테이블에 앉아 음식을 기다리는 동안 네 명이 동시에 스마트폰을 들여다보며 SNS를 확인하고 있었다. 우리는 만나본 적도 없는 '어딘가'에 있는 '누군가'에게 집중하느라 정작 앞에 있는 '소중한' 사람들을 등한시하고 있었다.

사람도, 관계도 다 지나간다. 시간이 지나면 서로 잊히기도 한다. 지금 이 순간 내게 가장 중요한 사람은 '과거의 누군가' 혹은 '어딘가에 있는 누군가'가 아니라 지금 내 앞에 있는 사람, 지금 내 곁에 있는 사람, 나와 함께하는 사람이다. 그러니 그 사람들에게 집중하는 것이 좋지 않겠는가. 지나가버리기 전에 말이다.

지나가는 시간을 막을 수 있는 사람은 없다. 결국 행복도, 고통도, 사람도 다 지나간다. 흐르는 강물처럼 모든 것이 지나가고 있는 삶 속에서 우리가 지금 당장 할 수 있는 일은 자신을 소중히 여기는 것이다. 내가 나를 사랑 가득한 손길로 보듬으며 쓰다듬는 것이다, 내가 걷는 한 발 한 발을 존중하는 것이다. 내게 주어진 선물 같은 하루, 내가 내뱉은 호흡 한 마디를 사랑하고 아끼는 것이다. 그러는 동안 인생은 또 지나간다.

나는 동네 카페의 구석 자리를 좋아한다. 이 책의 글 대부분을 동네 카페에서 썼다. 동네 카페에서 해리포터를 탄생시킨 조앤 K. 롤링을 흉내 낸 것은 아니지만, 카페에서 책 읽고 글 쓰는 재미에 푹 빠져 있다. 너무나 조용해 사방이 고요한 작업실이나 서재보다 적당한 소음, 사람들이 드나드는 개방된 장소에서의 독서와 글쓰기가 더 감칠맛 난다. 매일 바뀌는 사람들의 표정과 본의 아니게 엿듣는 대화는 이 글의 많은 소재가 되어주고 적지 않은 영감을 가져다주었다. 생긴 것과 사는 모습은 모두 달라도 공통된 '마음'을 발견할 때마다 글로 옮겼다. 모든 것이 지나가는 인생이지만 틈나는 대로 끄적거린 이 작은 글들은 시간이 지나도 그대로 남아 있으니 얼마나 창조적이고 생산적인 일인가.

이 소소한 글들이 사람들에게 작은 행복을 주고 삶에 작은 위안을 주는 쉼표가 된다면 다 지나가버려도 아쉬움이 없을 것 같다.

커피향 가득한 우리 동네 카페에서

이주형

CONTENTS

CHAPTER 2

참고 버티기 :
다 지나간다는 사실이 때로는 얼마나 큰 위로가 되는지

CHAPTER 3

내 사람들을 소중히 여기기 :

지금 내 앞에 있는 이가 내 인생에 가장 중요한 사람이다

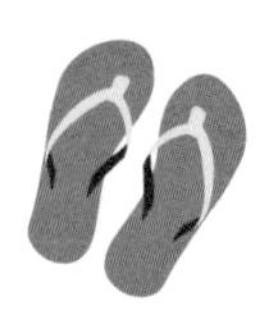

CHAPTER 4

자신의 삶을 격려하기 :

잘 살아가기 위해 지금 당장 무엇을 해야 할까?

CHAPTER 1

행 복 을 누 리 기 :

행복을 누릴 시간은 지금밖에 없다

행복이 뭐 별건가

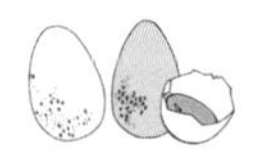

"일어났으면 산책 좀 하지 그래?"

한번 늘어지게 늦잠 좀 잘까 했더니 오히려 더 일찍 눈이 떠지는 건 뭐람. 조금 더 자보려고 이불을 양다리 사이에 낀 채 뒤척이던 토요일 아침, 아내가 다시 말한다.

"빵 좀 사 와."

결국 나는 왼쪽 뺨에 선명히 찍힌 와플 자국을 매만지며 잠자리에서 벗어난다. 왼쪽으로 누워 자는 것이 건강에 좋다는 말을 들은 후부터 항상 왼쪽 뺨에 자국이 생긴다. 간밤에 피로와 사투를 벌인 처절한 흔적이라고나 할까.

'일찍 일어나는 새가 벌레를 얻는다고? 일찍 일어나는 벌레가 새들의 먹이가 되는 거지.'

마음속으로 소심하게 반항하면서 현관문을 나선다. 모처럼 쉬는 날 아침부터 '빵셔틀'을 시키는 아내가 원망스럽지만 바깥 공기를 쐬자 이내 기분이 상쾌해진다.

옷차림은 잠잘 때 입던 옷 그대로다. 잠자리 옷차림으로 쓰레기를 버리러 가고, 빵을 사러 가고, 심지어 하루 종일 옷을 갈아입지 않은 채로 생활하는 것은 나만의 특권이다. 매일 아메리카노를 마실지 카페라테를 마실지 선택할 수 있는 것처럼 말이다.

갓 구운 빵 냄새 가득한 빵집에 들어서자 기분이 더 좋아진다. 아이들이 좋아하는 잉글리시 머핀과 아내가 좋아하는 바게트 그리고 내가 좋아하는 달달한 빵을 고르면서 나도 모르게 콧노래를 불렀나 보다. 사장님이 직접 계산을 해주며 한마디 한다.

"오늘은 기분이 좋으신가 봐요?"

평소 내가 자주 사던 빵을 하나 덤으로 얻어 들고는 방과 후 불량 식품을 입에 문 아이처럼 한입씩 오물거리며 집으로 향한다. 계속 콧노래가 절로 나온다. 콧노래가 좋은 것은 먹으면서 동시에 할 수 있다는 점이다.

현관문 앞에서 비밀번호를 누르려다가 잠시 심호흡을 한다. 내가 이 문을 열고 들어가면 집안에 갓 구워낸 빵 향기가 잔잔히 퍼질 것이고, 눈 비비고 일어난 아이들이 신선한 빵을 먹으며 아침을 시작할 것이다. 잔잔한 음악이 들려오면 금상첨화이겠다. 집에 들어가면 제일 먼저 얼굴에 와플 자국이 지워졌는지부터 확인해야지. 비밀번호를 누르는 손가락도 신이 나 가늘게 떨린다.

너희들이 꿈이냐

소강상태에 들어간 장마 때문에 날씨가 구질구질한 어느 여름날이었다. 일을 마치고 귀가하다가 후텁지근한 더위를 피해 잠시 단골 카페에 들렀다.

“아이스라떼 드실 거죠? 자리로 갖다드릴게요.”

단골이 편리한 점은 카페 직원이 알아서 주문을 해준다는 것이다. 빈자리에 앉아서 창밖을 내다보며 쉬다가 그 직원이 가져다준 아이스 카페라테를 한 모금 마셨다. 커피는 늘 첫 모금이 가장 맛있다.

바로 옆자리에 학교 체육복 차림의 두 여학생이 앉아 있었다. 내 딸아이보다도 어려 보였다. 시험 기간이라 함께 공부하고 있는 듯했다.

“넌 꿈이 뭐니?”

“나? 난 웹툰 작가가 되고 싶어. 엄마는 미술 제대로 배워서 정통 미술을 하라시는데 나는 그쪽은 안 맞는 거 같아.”

다른 친구가 말한다.

“나는 현모양처가 꿈이야.”

대화를 듣다가 나도 모르게 푭 하고 커피를 뿜을 뻔했다.

"현모양처? 무슨 꿈이 그래?"

"그냥, 난 울 엄마 같은 사람이 되고 싶어."

얼마 전 다른 카페 옆 테이블에서 남학생들이 자기 아빠처럼 되고 싶다고 했던 일이 생각났다. 요즘 들어 아이들이 더 예뻐 보이는 것을 보니 내가 정말 나이를 먹긴 먹었나 보다.

아이들은 공부하는 도중 간간이 조곤조곤 대화를 나눴다. 어느 정도 땀이 식었으므로 나는 자리에서 일어났다. 카페 문을 나서기 전, 얼른 메모한 포스트잇과 함께 예쁜 조각 케이크 하나를 아이들 테이블 위에 슬며시 올려놓았다.

어리둥절해하는 아이들을 뒤로한 채 나는 카페를 나왔다. 몇 걸음 걷다가 돌아보니 아이들이 카페 안에서 나를 향해 활짝 웃으며 손을 흔들고 있었다.

나는 포스트잇에 이렇게 썼다.

'너희들이 꿈이다!'

아이들이 카페 안에서
나를 향해 활짝 웃으며
손을 흔들고 있었다.

나는 포스트잇에 이렇게 썼다.

너희들이 꿈이다!

마지막 로맨티스트

어느 날, 전 직장에서 친하게 지낸 분의 SNS를 보고 깜짝 놀랐다. 이미 은퇴한 그분은 기념일을 맞아 아내에게 장미꽃을 선물하고 케이크를 자르는 사진을 올렸는데, 제목이 '오늘이 결혼 1만 일째 되는 날'이었기 때문이다.

남자들은 바쁘고 둔하다는 핑계로 결혼한 지 몇 해만 지나도 결혼기념일조차 잊는 것이 다반사인데 결혼 1만 일을 기념하는 남자라니! 계산해보니 1만 일은 27년 4개월이라는 시간이다.

나는 꽃을 닮은 그분의 아내와 번듯하게 잘 자란 두 아들을 잘 안다. 모두 훌륭한 가장 덕분이라 생각한다. 그런데 그분은 늘 자신이 그처럼 잘 지내는 것은 가족 덕분이라고 말했다.

미국의 영화배우 잭 베니가 죽은 뒤 그의 아내 메리 리빙스톤에게는 날마다 장미 한 송이씩이 배달되었다. 누가 꽃을 보내는지 궁금했던 그녀가 꽃집에 전화를 걸어 도대체 누가 자신에게 꽃을 보내는지를 물었다. 사실은 잭 베니가 죽을 때 자신의 아내가 살아 있는 동안 날마다 꽃을 보내도록 유언을 남기고 비용을 모두 지불한 것이었다.

그녀는 자신이 죽을 때까지 6년 동안 매일 꽃을 받았다. 진정한 로맨티스트인 남편과 평생을 보낸 아내는 얼마나 행복했을까.

유행처럼 '황혼이혼'이 번지고 있다. 평생을 참고 살다가 늘그막에 남은 생을 위해 독립을 선언하는 것이다. 게다가 이혼은 하지 않고 그저 서로 결혼생활을 졸업한다는 의미에서 따로 사는 '졸혼'이 유행이다. 평생을 애틋하게 살아도 죽음이 갈라놓는 것이 아쉬운 사랑도 있지만 여러 가지 이유로 참으며 맞춰주고 살다가 노년에 "나도 이제 내 인생을 찾겠다!"라고 선언하는 사람이 늘고 있는 것이다.

늦게나마 자신의 인생을 찾는다는 측면에서는 뭔가 '쿨해' 보이기도 하지만 나는 세상에서 가장 친밀한 관계의 균열을 당연하게 생각하고 심지어 이를 조장하는 사회 분위기가 못내 아쉽다.

나는 잭 베니처럼은 못해도 결혼 1만 일 기념식에 다시 한 번 아내에게 프러포즈를 할 것이다. 그리고 죽음이 우리를 갈라놓을 때 내 아내에게 말할 것이다.

"여보, 나와 평생 함께해줘서 고마워. 그리고 더 많이 사랑해주지 못해서 미안해."

그렇게 늘 행복하기를

노을이 점차 그 빛을 잃으면서 어둠이 깔리기 시작하는 저녁 시간이었다. 길을 걷다가 갑자기 좋은 글감이 생각나 잊어 먹기 전에 정리하러 눈에 보이는 카페에 들어가 노트북을 열었다. 한참 원고 작업을 하다 고개를 들어보니 한 커플이 눈에 들어왔다. 퇴근하고 만난 듯한 커플이 카페에 앉아 두 손을 마주 잡고 있었다. 서로 입김이 전해질 정도의 거리에서도 놓칠세라 손을 꼭 잡은 채 서로의 눈을 들여다본다. 서로의 눈동자에 비친 자신의 모습을 보듯이 말이다. 이따금씩 얼굴과 머리를 쓰다듬는다. 입가에는 잔잔한 미소가 떠나질 않는다. 옆에서 바라보는 것만으로도 행복이 묻어난다. 참 예쁜 커플이었다.

사랑의 대화가 없어도, 손만 잡고 있어도, 미세한 눈동자의 떨림만으로도 서로의 사랑이 고스란히 전해지는 듯하다. 데이트를 마치고 집으로 돌아가야 할 시간에는 잠깐의 헤어짐이 아쉬워 "먼저 들어가", "아니야, 가는 거 보고 들어갈게, 먼저 가" 하며 한참을 서성대겠지. 그리고 그 시간이 아쉬워 빨리 결혼해서 같은 집으로 들어가고 밤새 같이 있을 수 있기를 바라겠지.

결혼을 하게 되면, 지금처럼 서로의 눈만 바라보며 살 수는 없음을 현실 속에서 금방 경험하게 될 것이다. 삶의 무게와 세상살이의 번잡함에 잠시 손을 놓는 순간도 있을 것이다.

진정한 사랑은 마주보는 것이 아니라 같은 방향을 바라보는 것이라지만 당장 눈에 보이지 않으면 많은 생각이 들게 마련이다. 이제부턴 서로를 마음의 눈으로 바라봐야 한다. 연애 감정이 지배하는 사랑을 넘어서 인생을 관통하는 묵직하고 성숙한 사랑을 경험하게 될 것이다.

나는 그 커플의 아름다운 사랑이 오래오래 지속되기를 마음속으로 기도했다. 그러고는 빛나고 아름다웠을 우리 부부의 연애 시절을 떠올리며 집으로 향했다.

별이 빛나는 밤에

"얘들아, 잠깐 정신 차리고 일어나서 저 별들 좀 봐. 너무 예쁘다."

휴가를 마치고 깜깜해진 밤에 집으로 돌아오는 중에 강원도 어느 산길을 지날 때였다. 집도 없고 차도 없는 한적한 길을 지나면서 우연히 하늘을 올려다보고는 차를 세웠다. 그러고는 곤히 잠든 아이들을 깨웠다. 불빛 하나 없는 곳에서 헤드라이트도 다 끄고 올려다본 하늘은 경이 그 자체였다. 그렇게 까만 밤하늘과 밝게 빛나는 별들을 본 것은 나도 정말 오래간만이었다.

나중에 아이들에게 휴가 동안 가장 재미있었던 일이 무엇인지 물었다.

"별을 본 거. 하늘에 그렇게 별이 많은 줄 몰랐어."

"그렇게 새까만 하늘은 처음 봤어. 정말 예뻤어."

군대 시절이 생각났다. 2월 말 화천의 어느 산골짜기에서 혹한기 훈련을 하던 중이었다. 영하 20도를 넘는 강추위와, 그보다 더 혹독한 훈련 분위기 속에서 점호를 위해 모였다. 마지막 인원 점검을 하는 중대장의 머리 위로 북극성을 비롯한 별들의 바다가 눈에 들어왔다.

그 순간 경이로움에 취해 기분이 좋아지고 힘든 것도 다 잊을 수 있었다.

세상에서 가장 소중한 내 가족과 함께 까만 밤의 바다에 보석처럼 반짝이는 별들을 보는 것은 또 다른 감동의 순간이었다.

"아빠가 얼마나 별을 좋아하는지 아니? 너희 이름에 모두 별 규奎 자를 넣었을 정도란다. 가장 빛나는 밝은 별이 되라는 의미가 아니야. 어디서든 너희만의 고유한 빛을 반짝이라는 의미에서 지은 거야. 모든 별은 다 저마다의 빛을 내거든."

하루하루 힘들게 살다 보면 별을 보기는커녕 고개를 들어 하늘 한 번 쳐다보기도 어려운 게 현실이다. 그러나 내가 올려다보지 않아도, 주위가 너무 밝아 밤하늘의 별이 잘 보이지 않아도, 여전히 별들은 저마다 빛을 내며 반짝이고 있다.

밤하늘의 무수한 별처럼 사람들도 모두 저마다 자기만의 빛을 가지고 있다. 힘들어도 한 번씩 고개를 들어 그 아름다움을 볼 수 있다면 세상이 더 아름다울 텐데…….

급한 것보다
더 중요한 것

유독 인간관계가 좋기로 소문난 친구가 모친상을 당해
조문을 갔을 때의 일이다.
평소 경조사는 물론이고 각종 모임을 손수 주관하고
거의 매일 지인들을 챙기느라 바쁜 친구였다.
예상대로 많은 사람이 조문을 와서 장례식장에
앉을 자리가 없을 정도였다.
시간이 늦어 조문객이 대부분 돌아가고 조금 여유가 생기자
그 친구는 눈물을 흘리며 심경을 털어놨다.
후회가 막심하다는 것이었다.
자신이 온갖 사람들을 챙기고 사회생활을 열심히 한 것은 사실이지만
그것이 어머니의 생명을 단 1분이라도 연장시키는 데는
아무 소용이 없었다는 것이다.
"주형아, 나는 지금 너무나 후회가 된다. 저 사람들 챙기는 시간에
어머니와 조금 더 시간을 보냈어야 한다는 생각이 많이 들어.
어머니께 너무나 죄송하다."
흐느끼며 했던 그 친구의 말이 집으로 돌아오는 내내 계속 떠올랐다.

우리는 아마 급한 것 때문에
가장 중요한 것을 놓치고 살고 있는 것은 아닐까.

나중에 부모님 모시고 좋은 곳으로 여행 가기 위해
열심히 일하는 것보다 어쩌면 부모님은 지금
짧은 전화 한 통을 더 기다리고 계실지도 모른다.

우리는 아마 급한 것 때문에
가장 중요한 것을 놓치고 살고 있는 것은 아닐까.

아버지의 정년 퇴임

'이게 뭐지?'

인터넷 뉴스를 검색하다가 초로의 경찰관이 제복을 입고 순찰차 옆에 서 있는 사진에 눈길이 멈췄다.

사진 상단에는 이런 문구가 쓰여 있었다.

'아버지,

당신의 은퇴가 아쉬움보다

환희로 가득했음 좋겠습니다'

평생 경찰관으로 성실하게 근무하신 아버지의 정년퇴임을 맞아 광고 일을 하는 한 청년이 자비를 들여 대구 북구 복현우체국 정류장에 광고판을 설치한 것이다. 아버지가 아마 그 근처에서 근무하는 듯했다. 순찰을 돌다 이 광고판을 본 아버지의 마음이 어땠을까.

일전에 딸아이가 내게 물어본 적이 있다.

"아빠는 어릴 때 꿈이 뭐였어?"

"내 꿈은 좋은 아빠가 되는 거였지."

"에이, 그건 기본이지. 그거 말고 다른 거 없어?"

기본이라, 그 기본이 이리 힘든지 몰랐다.

만일 누가 지금 내 가장 큰 꿈이 뭐냐고 묻는다면 나는 "나중에 가족들에게 존경하는 남편, 아빠로 기억되는 것이다"라고 말할 것이다.

내 눈을 사로잡았던 그 광고판의 하단에는 이런 문구도 있었다.

'30여 년간 묵묵히 사회와 가정을 지켜온

당신의 헌신과 노고에 경의를 표합니다

광고꾼 작은 아들이'

그 아버지는 꿈을 이루지 않았을까. 아니, 스스로가 자녀들의 꿈 아니었을까.

내 마음속의 예술가

머릿속 복잡한 일이 있던 날, 터벅터벅 길을 걷다가 소나기를 만났다. 가방 속에서 우산을 꺼내는 대신 가까운 카페로 들어갔다. 에어컨은 켜지 않고 큰 창문을 열어놓았는데 나는 비 냄새를 맡기 위해 문을 열어놓은 창가 쪽에 자리를 잡았다.

비 오는 날의 커피는 그 향과 맛이 다르다. 커피를 마시면서 바라보는 빗방울도 그 느낌이 다르다.

빗방울이 땅에 떨어지면서 왕관도 만들고, 꽃들도 만들고, 그리운 사람의 얼굴도 만들었다가 내 마음을 어지럽게 한 사람 얼굴도 만든다. 형태가 금방 사라지는 것이 아쉽기도 하고 다행이기도 하다.

빗방울이 만들어내는 소리도 다양하다. 아름다운 음악이 되기도 하고 듣고 싶은 목소리의 다정한 속삭임이 되기도 한다.

비는 그저 하늘에서 땅으로 내릴 뿐인데 내 마음에 따라 다양한 창작물이 된다.

내 마음속엔 위대한 예술가가 살고 있다.

나의 라임 오렌지나무

어느 날 귀가해서 보니 초등학교 4학년인 아들 녀석이 거실 소파에서 J. M. 데 바스콘셀로스의 《나의 라임 오렌지나무》를 읽고 있었다. 살아오면서 얼마나 많이 읽었는지 헤아릴 수도 없는 그 책을 내 아들이 읽는 모습을 보는 순간 묘한 감동이 느껴졌다. 내가 처음 그 책을 읽은 것이 바로 지금의 아들 나이였기 때문이다. 그때부터 내 마음속에는 늘 '제제'가 살고 있다. 언제 잘려 나갈지 모르는 늙은 라임 오렌지나무 밍기뉴도 늘 함께 있다. 아무리 나이가 들어도 내 안에서 슬쩍슬쩍 동심이 느껴질 때, 나는 내 속에 살고 있는 이 제제 때문이라고 생각한다.

사람들로 인해 지칠 때, 기상천외한 장난으로 말썽만 부리던 악동 제제를 사랑으로 감싸주던 포루투가 아저씨와 글로리아 누나, 세실리아 파임 선생님을 생각하면 마음이 따스해진다. 다섯 살짜리 어린 제제의 모든 생각과 행동은 단지 사랑받고 싶어서였음을 그들은 알고 있었다.

나는 울고 싶을 때면 이 책을 읽었다. 읽을 때마다 눈물이 났으니까. 아들이 잠자리에 든 후 나는 아들이 책을 읽던 그 자리에 앉아서 다시 이 책을 펼쳤다. 역시 또 눈물이 흘렀다.

인생 책이 있다는 것은 참 좋은 일이다. 일전에 백영옥의 에세이 《빨강머리 앤이 하는 말》을 인상 깊게 읽었다. 공감하고 감동하며 이 책을 읽는 동안 나는 거듭 속으로 중얼거렸다.

'내겐 나의 라임 오렌지나무가 있지.'

나도 언젠가 백영옥 작가처럼 이 책에 관한 에세이를 써보고 싶다는 생각도 하게 되었다.

어릴 적엔 직접 서점에 가서 내가 읽을 책을 선택한 적이 거의 없었다. 위인전이며 문학전집이며 소설이며 내 책상에, 우리 집 책장에 꽂혀 있는 책을 읽는 것이 전부였다. 내가 우연히 책장에서 꺼내 읽었다고 생각한 책들이 사실은 어머니가 일부러 꽂아두신 것이었다. 이 책도 그 책들 가운데 꽂혀 있었다.

'내 나이 때의 어머니도 지금 나와 같은 마음이셨구나' 하는 생각이 들었다.

어머니 마음속에도 제제와 빨강머리 앤이 살고 있었을지도 모른다.

자꾸 이런 생각이 들면서 또 눈물이 흘렀다.

아마 앞으로도 오랫동안 내 안에는 제제가 살고 있을 것 같다.

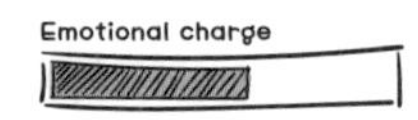

엄마와 딸

추적추적 비가 내리는 날, 카페에서 한창 원고 작업 중이었다. 그 와중에 나는 본의 아니게 옆 테이블의 여학생과 엄마가 하는 대화를 엿듣고 말았다.

"난 요즘 꿈도 없고 사는 게 재미가 하나도 없어. 인생에 대한 회의가 느껴진다고나 할까……."

"살다 보면 그럴 때가 있어. 너무 조바심 내지 말았으면 해. 양손에 쥔 거 조금 내려놓고 마음을 잠시 쉬게 하면 좋을 거 같아. 조금 천천히 가도 괜찮아. 힘든 거 다 아니까. 지금까지 열심히 살아왔잖아."

평범해 보이는 이 대화가 흥미로웠던 이유는, 고민을 털어놓는 쪽은 엄마였고, 위로하며 조언을 해주는 쪽은 교복을 입은 어린 딸이었기 때문이다.

딸이 너무 대견해 보였지만 사실 더 멋져 보이는 것은 그 엄마였다.

어떤 삶을 살아왔는지, 어떤 일들을 겪었는지 모르지만 평소 부모 자식 간에도 수평적이고 인격적인 관계가 형성되어 있으니 그런 대화도 가능했을 것이다. 도대체 어떻게 했기에 그런 관계가 가능한 것일까. 이런 때는 나 말고 다른 부모는 아이들을 다 잘 키운다는 생각이 든다.

부모로서 또 한 번 열등감을 느끼는 순간이었다.

공은 참 좋겠다

딸과 아들을 키우다 보니 참 신기한 것이 있었다. 일부러 가르쳐주지 않아도 딸아이는 예쁜 인형을 좋아하더니 아들 녀석은 로봇과 자동차 그리고 각종 공놀이를 좋아하는 것이었다. 어찌 그리도 다른지…….

어릴 적에 아들은 한참 거실에서 조그마한 축구공을 던지고 차며 놀더니 갑자기 공을 소파에 올려놓으며 말했다.

"공은 참 불쌍해. 맨날 이리 차이고 저리 차이잖아."

그랬던 녀석이 몇 해가 지나자 거실에 굴러다니던 공을 보며 또 다른 말을 했다.

"나는 공이 참 대단한 것 같아. 쟤는 아무리 걷어채도 넘어지는 법이 없잖아."

초등학교 2학년 때 교과서에 있던 내용이 하나 떠오른다. 동규라는 아이가 나무를 그렸는데 나무들이 모두 땅에 누워 있는 것이었다. 선생님이 이유를 물어보자 나무는 늘 서 있어 다리가 아플까 봐 그랬다고 대답한다. 동규는 나무들에게 "나무야, 누워서 자라"라고 했다. 아주 오랜 시간이 지나도 생생히 내용을 기억하는 이유는 나도 그림을 그리며 같은 마음을 품었기 때문이다. 그런데 지금 나는 이렇게 사막의 모래를 씹은 것처럼 서걱거리고 메마른 감성을 가진 어른이 되어 있다.

그저 평범한 하나의 공을 보면서도 저런 예쁜 생각을 하는 감수성 짙은 아이가 자라는 내내 그 순수함을 잃지 않았으면 좋겠는데, 아이가 경험해야 할 현재의 교육 현실을 보면 벌써부터 마음이 아려온다. 그래도 잘 자라줬으면 좋겠다.

쓰레기보다 꽃

우리 아파트 옆 골목 어귀에는 작은 편의점이 하나 있다.
그 앞에는 예쁜 나무 테이블이 놓여 있다.
허기를 채우려는 학생들이 라면과 삼각김밥 등을 먹는 곳이기도 하고
어른들이 퇴근하다가 잠깐 앉아 맥주 한 캔 마시며
하루의 피로를 씻는 곳이기도 하다.
그런데 이 테이블은 늘 지저분하다.
사람들이 이용한 뒤 쓰레기를 제대로 처리하지 않기 때문이다.
편의점 직원이 아무리 치워도 늘 쓰레기가 넘쳐나니,
지나갈 때마다 눈살이 절로 찌푸려진다.
그러던 어느 날이었다.
이곳을 지나면서 보니 쓰레기가 보이지 않았다.
가까이 가보니 테이블 위에 작은 꽃 화분이 하나 놓여 있고
그 옆에 이렇게 쓰여 있었다.

'오늘 하루도 수고하셨어요.
아름다운 사람에게는 쓰레기보다 예쁜 꽃이 더 어울립니다.'

가게가 잘되었으면 좋겠다

내가 사는 동네에는 옷집이며 빵집이며 작은 가게가 많이 있다. 골목 모퉁이에 있는 작은 가게는 주인이 자주 바뀐다. 아마 장사가 잘 안 되는 자리인 듯하다. 새로운 가게가 들어선 지 얼마 되지 않았는데 금세 폐업 안내문이 붙고 뚝딱뚝딱 인테리어 공사를 하고는 또 다른 가게가 영업을 시작한다. 지난 몇 년간 이런 일이 반복되었다. 아마 이 근처의 인테리어업자와 간판업자만 돈을 벌지 싶다.

어느 날 늦은 저녁 시간에 이곳을 지나가면서 보니 또 인테리어 공사를 하고 있었다. 내부 구조로 보아 아마 작은 커피숍이 들어오는 것 같았다. 그런데 재미있는 광경이 눈에 들어왔다. 초등학생쯤 되었을까. 젊은 부부와 딸처럼 보이는 두 아이가 함께 열심히 천정과 벽에 하얀 페인트를 칠하고 있었다. 그들은 모두 재미있어하고 들떠 보였다. 그 모습이 흐뭇하면서도 한편으로는 안타까운 생각이 들었다.

'여기는 장사가 잘 안 되는 곳이라 얼마 못 버틸 텐데…….'

나는 걸음을 멈추고 서서 가게 안을 한참 들여다보았다.

어떤 일들을 겪고 어떤 과정을 거쳐 이곳까지 오게 되었는지 모르지만 그 가족에게는 그 가게가 꿈이고 희망이고 전부일 수 있겠다는 생각에 마음이 복잡해졌다.

커피숍이 오픈하면 일부러라도 자주 가서 커피를 마셔야겠다.

내 여자는 내가 지킨다

지하철에서 내려 계단을 향해 걷는데 바로 앞에 사랑이 뚝뚝 묻어나는 커플이 보인다. 계단을 오르기 시작하자 남자 친구는 뒤에서 자신의 가방으로 여자 친구의 짧은 치마를 가려준다. 참 예쁜 커플이라 생각했다. 그런데 주위를 둘러보니 그 커플의 뒤에는 나뿐이었다.

'꾸물거리지 말고 빨리 지나갈걸…….'

뒤돌아볼 때 잠시 스쳤던 남성의 날카로운 눈빛은 나를 향한 것이었다.

'난 치한이 아닌데…….'

죄인처럼 고개를 푹 숙인 채 평소보다 느리게 한 발 한 발 계단을 올랐다.

기분이 유쾌하지는 않았지만 자신의 여자 친구를 지키려는 남성의 마음이 듬직해 보였다. 날 보는 경계의 눈빛조차도 예뻐 보였다.

날 치한 취급해도 좋으니 그렇게 오래도록 사랑하고 지켜주는 사이가 되기를 마음속으로 기도했다.

여행은 돌아오기 위해 떠나는 거야

"제 취미는 여행입니다."

언젠가 지인이 내 취미를 물어 이렇게 답한 적이 있다. 사실 나는 여행을 많이 다니지 못했다. 그동안 세계 20여 개국을 다녔지만 대부분 일 때문에 방문한 것이었다. 그래도 마음속에는 늘 언젠가 훌쩍 떠날 희망을 가지고 있다. 언젠가 떠날 것이니, 그리고 늘 마음속에 '나도 언젠가는'이라는 기대감을 품고 그때를 동경하며 살고 있으니, 감히 취미가 여행이라 해도 별로 죄책감은 들지 않는다.

눈부신 볼리비아 우유니 소금사막도 보고 싶고, 아이슬란드에서 뒷목이 뻣뻣하도록 오로라도 보고 싶다. 터키 파묵칼레에서 층층이 이루어진 온천에 몸을 담그고 싶고, 페루 마추픽추의 신비한 광경을 직접 눈에 담고 싶다. 나는 지금도 어디론가 뻗은 길들을 보면 순례자들의 발자취를 쫓아 스페인 산티아고 길이나 일본의 시코쿠 길을 걷고 있는 나 자신을 상상하곤 한다.

여행을 좋아하는, 아니 툭하면 어디론가 여행을 떠나는 친구에게 왜 그리 여행을 자주 떠나는지 물었더니 의외의 대답이 돌아왔다.

"왜 자꾸 떠나느냐고? 다시 돌아오기 위해서야."

여행은 돌아올 곳이 있는 사람들에게 해당된다. 돌아올 곳이 없는 여행은 방랑이고 방황이다. 돌아올 곳이 있으니 언제든 떠나고, 떠나서는 또 귀환을 준비한다. 산을 오르는 이유는 내려오기 위해서라는 말처럼 돌아올 곳이 있으니 떠난다는 말은 어찌 보면 역설일 수 있지만, 그런 마음이 삶의 자세를 결정하기도 한다.

나는 늘 여행을 꿈꾼다. 언젠가 훌쩍 떠날 수 있다는 사실만으로도 인생의 마지막 카드 하나를 쥐고 있는 기분이다.

나는
늘 여행을 꿈꾼다.

언젠가
훌쩍 떠날 수 있다는 사실만으로도
인생의 마지막 카드 하나를
쥐고 있는 기분이다.

꽃보다 예쁜

나는 지하철을 이용할 때면 늘 맨 끝자리에 앉아 책을 읽는다. 그러다 뒷목이 뻐근하면 고개를 들어 목 스트레칭을 하는 척하면서 앞에 앉은 사람들의 표정을 관찰한다. 대부분 스마트폰을 들여다보고 있기에 조금 다른 것을 하고 있는 사람에게 자연히 눈이 간다.

잘 아는 화가 선생님의 전시회에 참석하기 위해 집을 나서 지하철을 탄 어느 토요일 오후였다. 책을 읽다가 고개를 들어보니 앞자리에 꽃다발을 든 여성이 있었다. 꽃의 모양을 보니 부케는 아닌 듯하고, 결혼식장에서 예식이 끝나고 장식되어 있던 꽃을 챙겨 온 듯했다. 하얗고 탐스런 꽃도 예뻤지만, 사실 그 꽃을 소중하게 두 손으로 감싸고 지그시 들여다보고 있는 여성의 모습이 더 아름다워 보였다. 사람이 꽃보다 아름답다고 하지 않는가. 꽃을 소중히 여기는 그 마음이 예뻐 보였다. 내 자리까지 향기가 나는 듯했다.

더 재미있게도, 옆 좌석 몇 칸 떨어진 곳에도 꽃을 들고 있는 사람이 보였다. 나보다 나이가 많아 보이는 중년 남성이었다. 두 사람이 떨어져 앉은 것을 보니 일행은 아닌 것 같은데 꽃이 같은 것을 봐서는 아마 같은 예식장에 다녀오는 것 같았다. 그런데 중년의 아저씨가 저리 꽃을 챙겨 들고 가는 것은 쉬운 일이 아니다. "뭐 어때?"라고 하겠지만 내 경우를 생각해봐도 아무래도 조금은 용기가 필요한 일이다. 그래서 더 그 모습이 참 좋아 보였다.

대학교 새내기 때의 일이다. 대부분 남학생인 우리 과에는 여학생이 딱 세 명 있었다. 개강한 지 한 달 남짓 지나고 그 친구들이 내게 커다란 꽃다발을 안겼다. 내 생일이 4월 초였는데 생일 선물을 준비해준 것이다. 나는 신입생 오리엔테이션에 참석하지 않아 같은 과에도 모르는 친구들이 꽤 있어서 조금은 서먹한 대학생활을 하고 있었다. 그때 그 친구들이 여러 가지로 배려를 해주었던 것이다.

친구들의 마음을 담은 선물이 물론 고마웠다. 하지만 그때는 지금처럼 학교에 사물함이 있는 것도 아니었고, 무거운 가방을 메고 종일 수업을 들으러 강의실을 옮겨 다녀야 했기에 꽃다발은 그야말로 처치 곤란이었다. 종일 꽃을 들고 다니면 내 별명은 아마 '꽃을 든 남자'가 될 것 같았다.

그러다가 지금까지도 후회하는 짓을 저지르고 말았다. 꽃다발을 어찌해야 하나 고민하던 중 안면이 있는 다른 과 여학생이 지나가기에 얼른 그녀에게 다가가 상황을 설명하고 꽃을 줘버린 것이다. 마침 그녀는 자신의 집이 가까우니 집에 가져가겠다고 했다.

그날 이후, 내게 꽃을 선물해준 친구들은 내가 군대에 갈 때까지 말을 걸지 않았다. 내가 전역하고 복학했을 때 그 친구들은 이미 다 졸업을 한 상태였다. 지금 생각해도 그 친구들에게 미안한 마음을 금할 길이 없다. 내가 살면서 저지른 바보 같은 일들 중 3위 안에 들지 싶다. 선머슴이던 스무 살의 그때, 나는 꽃을 줄 때 정성스런 마음을 꽃향기에 담는다는 것을 몰랐다. 오히려 "먹을 걸 줄 것이지" 하는 철없는 학생이었다.

지하철역에서 나와 전시회에 들고 갈 작은 화분을 사러 꽃가게에 들렀다. 손님이 한 명밖에 없었지만 그 손님이 꽃을 고르는 데 시간이 오래 걸려 한참을 기다렸다. 꽃가게 사장님은 미안하다고 눈짓했다. 나도 괜찮다고 눈짓하고는 이름도 모르는 꽃들을 눈에 담았다. 그 손님은 내 또래로 보이는 아저씨였다. 한참 꽃을 고르고 포장까지 이것저것 상의했다. 그러고는 마침내 예쁜 꽃다발을 받아 든 뒤 설레는 얼굴로 꽃집을 나섰다.

꽃집 사장님이 살짝 미소를 지으며 중얼거렸다.

"선물을 받으실 분이 참 부럽네요."

"이 꽃이 다 사장님 꽃인데 부럽다니요?"

"저는 남자 친구한테 꽃 선물을 한 번도 받아본 적이 없거든요."

정말 그랬을 것 같다. 꽃집을 운영하는 여자 친구에게 꽃 선물을 할 남자는 없으니까.

"저분은 해마다 몇 번씩 꽃을 사 가세요. 아내 생일, 결혼기념일, 심지어 아이들 생일 때까지. 그리고 매번 제철 꽃과 꽃말들을 고려해서 포장지까지 세심하게 요청하시거든요. 꽃을 받는 사람은 예쁜 꽃도 좋지만 그 꽃을 사기 위해 기억하고, 생각하고, 준비하고, 발품을 파는 정성 때문에 더 감동받는 거랍니다. 오늘은 결혼한 지 십칠 년 되는 기념일이라고 하시네요. 아내 분은 얼마나 좋을까요?"

중년의 남성이 대낮에 예쁜 꽃다발을 들고 거리를 활보하는 게 쉬운 일이 아님을 알기에 아내를 기쁘게 하기 위해 기꺼이 꽃을 준비하는 그의 얼굴은 꽃보다 더 화사해 보였다. 나는 이런 사람들을 보면 묘한 열등감을 느낀다.

꽃다발을 집에 가져가면 그의 아내는 함박웃음으로 꽃을 받아서 예쁜 꽃병에 꽂아 식탁에도 놓고 거실에도 놓을 것이다. 그의 집 안이 행복한 꽃향기로 가득할 것을 상상하니 내 코끝에도 꽃향기가 나는 듯했다.

오늘은 귀갓길에 꽃 한 다발을 사야겠다. 온 집 안에 퍼질 꽃향기를 생각하니 벌써부터 행복해진다. 나 역시 이젠 꽃을 들고 다녀도 덜 부끄러운 나이가 되지 않았는가. 그런데 우리 동네에 꽃집이 어디 있더라…….

넌 커서 뭐가 되고 싶니?

"넌 커서 뭐가 되고 싶니?"

잊을 만하면 한 번씩 물어보는 내 질문에 아들의 대답은 거의 매번 다르다.

지금은 스포츠기자가 꿈이다. 취재를 위해 세계 각국을 다니는 비용을 자비로 부담하는 게 아니라 회사가 지원해준다는 것을 알고부터다. 여태 비행기 값이며 호텔 숙박비를 자기가 부담하는 줄 알았나 보다.

나는 어릴 때 뭐가 되고 싶다는 생각을 해보지 않았다.

초등학교에 다닐 때는 학교 교훈대로 '바르고 슬기롭고 튼튼한 어린이'가 되어야 했다. 사실 '슬기'라는 말의 뜻도 정확히 몰랐지만 그 단어의 어감과 발음할 때의 느낌이 좋아 계속 '난 슬기로운 사람이 될 거야'라는 생각을 되뇌었던 것 같다. 여하튼 초등학교 시절에는 정직하게 바르고 튼튼하게 열심히 뛰놀면서 지냈다.

중학교에서는 교훈이 군더더기 없이 '성실'이었다. 심지어 월례 조회 때는 이 구호와 함께 거수경례를 붙였다. 나는 중학교 내내 성실한 사람이 되고자 노력했다. 선생님 말씀 잘 듣고 하지 말라는 일은 삼가며 친구들과도 잘 지냈다. 그저 위에서 아래로 흐르는 잔잔한 물처럼 그렇게 시간이 흘러갔다.

사실 내가 어릴 때 뭐가 되고 싶다는 생각을 해보지 않은 이유는 아무도 물어보지 않았기 때문이다. 그저 상황이 흘러가는 대로, 어른들이 하라는 대로 하며 지냈던 것 같다. 누군가가 내게 몇 번만 "넌 커서 뭐가 되고 싶니?"라고 진지하게 물어줬으면 나도 목표라는 것을 가지고 어린 시절을 보낼 수 있었을까?

고등학교 때의 교훈 '성심껏 배우자, 책임을 다하자, 나라를 빛내자'는 초등학교·중학교와는 비교도 안 되는 무게감이 있었다. 나라를 빛내는 것까지는 어렵다고 해도 나는 이 사회에 큰 역할을 하는 '중요한 사람'이 되어야겠다는 생각을 하게 되었다.

그러나 고등학교, 대학교 시절을 지극히 평범하게 보내고 나니 '중요한 사람'에 대한 내 생각도 시들해졌다. 오히려 지극히 평범한 사람이 되어가는 나를 보자면 '중요한 사람'에 대한 내 꿈은 사치인 듯 했다.

내가 어릴 적 꿈에 대해 다시 떠올려보는 이유는 아들 녀석의 말 때문이었다. 요즘 들어 아빠에게서 뭔가 장점을 찾아내려고 노력하는 아들에게 아빠는 지극히 평범한 사람이라고 하자 아들이 말했다.

"아빠는 우리 집에서 중요한 사람이잖아."

아들의 이 말이 내 마음을 울렸다. 정신없이 사느라 미처 다시 꺼내 보지 못했던 어릴 적 꿈과 학교 교훈들을 돌아보게 되었다.

정말 그렇다. 이룬 것 없이 나이만 먹어가는 허무함에 마음 한구석에 있던 구멍이 점점 더 커지는 것을 느끼는 요즘, 한 가정의 가장으로, 이 사회의 일원으로, 당당하게 정치인을 뽑는 한 표를 행사하는 국민으로 사는 것이 얼마나 중요한 일인가.

이 세상에서 중요하지 않은 사람은 한 명도 없다.

게다가 나는 아빠 아닌가.

심장이 말해줬어

“아빠는 왜 엄마랑 결혼했어?”

이름을 중성적으로 지어서 그런지 남자아이처럼 무뚝뚝한 딸아이는 묻지 않았던 질문을 어느 날 아들 녀석이 결국 하고 말았다.

“아빠 심장이 말해줬어. 내 짝이라고.”

“에이, 심장이 어떻게 말을 해? 거짓말!”

나는 왜 아내와 결혼했을까…….

나도 다른 평범한 아이들과 마찬가지로 싱숭생숭한 사춘기 시절을 보냈다. 숫기가 없어도 너무 없어 학교에 가다가 옆집 여학생과 마주치면 옆에서도 심장 뛰는 소리가 들릴 정도로 가슴이 쿵쾅대고, 여학교 앞을 지나가기가 쑥스러워 한참을 돌아서 가곤 했다. 좋아하는 연예인 사진을 연습장 표지에 넣어 다녔고, 멀리서 바라보기만 하고 다가가지 못한 채 주위를 뱅뱅 돌며 관심을 가졌던 여학생도 있었지만 글쎄, 사랑이라고 할 만큼 열병에 빠져 좋아한 대상은 없었다. 오히려 서클 활동이었던 남성 합창과 마니아 수준으로 좋아하던 각종 운동들에 더 빠져 있었다. 그러니 내 아내가 첫사랑이라고 할 수 있겠다.

사랑이라는 감정을 처음 느꼈으니까.

전역을 몇 달 앞둔 어느 날, 한 통의 편지를 받았다. 지금 아내의 편지였다. 그 시절 나는 교회 청년부생활을 열심히 했었고 청년부회장 임기를 마치자마자 입대했기 때문에 아내를 포함해 청년부 소속의 친구와 선후배들로부터 많은 편지를 받았다. 하지만 나는 유독 그날의 노란 봉투에 담긴 아내의 편지를 잊지 못한다. 편지를 받는 순간 심장이 덜컥 내려앉는 느낌이 들더니 그다음부터 아내의 이름과 글씨체만 봐도 가슴이 쿵쾅대는 것이었다. 그 뒤로 자꾸 생각나고 보고 싶어 탈영이라도 하고 싶은 나날을 보냈다.

교회에서 중학교 때부터 만나 편하게 수년을 함께 지내온 터라 처음에는 그런 감정이 많이 당황스러웠다. 심장이 먼저 나대며 내 마음을 흔들어대니 제대로 연애를 해보지 못한 나도 알 수 있었다.

'이게 사랑이구나…….'

휴가를 나와 카페에서 아내를 만났다. 전에는 친한 오빠 동생 사이였지만 내 앞에는 내 사랑의 대상이 된 여자가 앉아 있었다.

그때 내 심장이 요동치며 말했다. 나는 분명히 들었다.

"저 여자를 놓치면 평생 저런 사람 만날 수 없을 거야."

그렇다. 심장이 말해준 것이다. 내 평생 감사의 제목을 심장이 먼저 알아채고 마구 소리친 것이다.

언젠가 '꽃님에미'로 유명한 전은주 작가의 《웰컴 투 그림책 육아》를 읽다가 나와 비슷한 경험을 소개한 글에서 피식 웃음이 나왔다. 그녀도 나와 같은 경험을 했던 것이다.

"엄마 심장이 말해줬어. 이 사람과 결혼하라고."

"맞아, 사랑은 심장이 말해주는 거야."

그랬더니 아들 녀석은 벌써부터 걱정이 크다.

"내 심장이 말해주지 않으면 어쩌지? 심장이 말해줘도 내가 못 들으면 어쩌지?"

걱정 마라. 심장이 해주는 말은 어떤 말보다 또렷하고 명확하게 들려서 못 들을 수가 없단다.

까짓 오늘은
'행복한 척'을 하며 보내봐야겠다.
그러면 정말 행복해질지도 모른다.
행복해지지 않아도
밑져야 본전 아닌가.

한 꺼풀 겉가죽

몇 해 전, 한 골프 행사에서 기업 회장, 전 국회의원 등 사회적 지위가 높고 유명한 이들과 라운딩을 할 기회가 있었다.

골프장에 도착할 때부터 미리 도착해 있던 수행원들과 골프클럽 직원들이 난리법석을 떨었다.

난 다행히 덜 높은(?) 이들과 한 조가 되어 마음 편히 라운딩을 즐겼다.

라운딩이 끝나고 사우나를 할 때 재미있는 것을 느꼈다.

다 벗고 보니 누가 회장이고 누가 골프장 직원인지 구분이 가지 않았던 것이다.

높은 이도 샤워기 하나를 사용하고, 아주 작은 공간의 탕만 사용하며, 비슷한 양의 물을 사용할 뿐이었다.

샴푸도 스킨로션도 나랑 같은 것을 사용했다. 그래도 머리숱은 내가 제일 많았다.

그러나 근사한 옷을 한 꺼풀 입고 로비로 나서는 순간 다시 신분이 하늘과 땅만큼 차이가 났다.

수행원들이 개미 떼처럼 달라붙었다.

동네 피트니스센터에서 함께 운동하는 한 중년 여성이 있었다. 화장도 거의 안하고, 헤어스타일도 늘 비슷해 외모에 전혀 신경 쓰지 않는 것 같고, 옷도 패션 테러리스트인 내 눈에도 조금 후줄근해 보였다. 돈을 내고 운동하는 것이 부담 되지 않을까 걱정이 될 정도였다.

어느 날 피트니스센터 입구에서 그분을 봤는데 누구나 갖고 싶어 하는 최고급 외제차에서 내리는 것이었다.

그다음부터는 거짓말처럼 그분의 옷차림이며 헤어스타일이 고상해 보이고, 수수해 보이고, 심지어 세련되어 보이는 것이 아닌가.

내 의지와 상관없이 시각이 이리 어이없이 바뀌는 것을 보고 내 안에도 어쩔 수 없는 속물이 살고 있음을 절감하며 혼자 피식 웃었다.

또 함께 운동하면서 농담 따먹기 하던 세상 순박한 표정의 아저씨랑 샤워할 때 그의 등에 새겨진 커다란 용문신을 본 후론 왠지 무서워 슬금슬금 피하기도 한다.

화려한 옷을 입고 런웨이를 주름잡는 모델들은 선망의 대상이지만 대부분은 무대에서 내려오면 다음 달 월세를 걱정하며 빠듯한 일상을 꾸려가야 하는 평범한 젊은이들이다.

우린 알게 모르게 한 꺼풀 겉가죽에 너무 많은 의미를 부여하며 살고 있는 것은 아닐까?

그래서 더 화려하고 아름답게 보이려 무리를 해서라도 온갖 겉모습을 치장하는 데 집중하고 있는 것은 아닐지 모르겠다.

곧 내려올 무대 위가 정말 자신의 고단할 몸을 누일 곳은 아닌데 말이다.

다리 아플 때 잠시 앉아 쉴 수 있는 의자, 시원한 아침 공기를 마시며 커피 한잔 마실 수 있는 행복과 여유 정도면 나쁘지 않은데 말이다.

지금은 다 은퇴했을 그 높은 이들은 과연 지금도 행복하고 즐거운 인생을 살고 있을까?

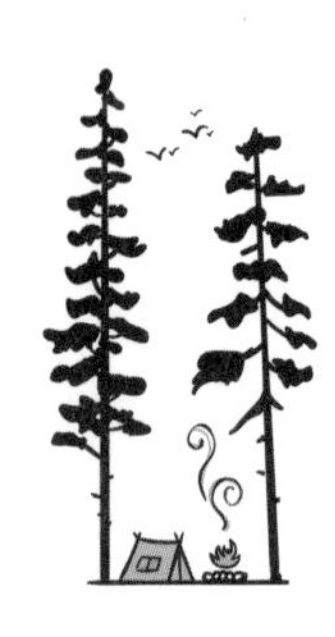

그렇게 나이 들고 싶다

시내에 볼일이 있어 지하철을 타고 가는 중이었다. 60대 후반쯤 되었을까? '고상하다'라는 단어가 퍼뜩 떠오르는 한 할머니가 타더니 내 옆자리에 앉아 책 한 권을 꺼내었다. 시집이었다. 괜스레 미소가 지어졌다.

한동안 시집을 읽다가 한 페이지를 오래 들여다보더니 스마트폰을 꺼내 그 페이지를 찍었다.

어떤 내용을 찍으셨을까?

그 페이지에는 어떤 시가 적혀 있을까?

시집간 딸에게 보내실까?

아니면 SNS에 올리실까?

궁금해하던 순간 내가 열차를 갈아타야 하는 역에 도착해 문이 열렸다. 사진으로 찍어 어찌하실지 보고 싶었는데 빠듯한 약속 시간 때문에 나는 어쩔 수 없이 그냥 내려야 했다.

나 또한 어디라도 시집 한 권 들고 다니는 어른이 되고 싶다. 그렇게 나이 들고 싶다.

민현주가
도대체 누구냐?

가족 모임이 있어 여동생과 아이들을 함께 태우고
운전하고 있을 때였다.
여동생은 오랜만에 만난 조카들과 시끌벅적 떠들어댔다.
그런데 대화 중에 계속 등장하는 이름이 있었다.
나는 궁금해서 그게 누군지 물었다.
"민현주가 도대체 누구야?"
"뭐? 누구? 민현주?"
여동생과 아이들은 모두 내가 누굴 물어보는지 알지 못했다.
"방금 그랬잖아. 민현주 너무 귀엽다고, 너무 귀여워 미치겠다고."
그랬더니 차 안은 완전 폭소의 도가니가 되었다.
이내 한심하다는 듯한 눈길이 나에게 꽂혔다.
"아, 민현주가 아니라 미니언즈! 아빤 미니언즈도 몰라?"
모른다. 미니언즈가 뭔지.
그래도 너희들이 맛있게 저녁 먹을 식당을 찾아갈 줄은 안다.
뭐, 너희들이 한바탕 웃었으니 그걸로 된 거지.

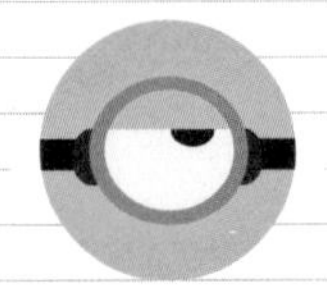

결혼하면 알게 돼

"결혼하면 사랑의 유효기간이 몇 달 안 된다면서요?"

결혼을 앞둔 후배가 걱정을 하고 있었다. 지금은 그 사람이 너무 좋은데 시간이 지나면서 그 감정이 사그라지면 어쩌나 하는 고민이었다. 과거에 결혼을 앞두고 파혼한 경험이 있어서 더 지레 겁을 먹는 것 같았다.

"너는 몇 시간 지나면 금방 배고플 게 두려워 밥을 안 먹니?"

나는 사랑 감정을 묘사하는 데 많이 약하다. 연애 시절에 애틋했던 감정이 희미해질 만큼 시간이 많이 지나기도 했다. 그런데 어렴풋한 기억을 되살려보면 연애 때의 사랑과 오랜 시간 일상을 함께 살아내는 부부로서의 사랑은 조금 다른 것 같다.

부부로 오랜 시간 함께 살면서 연애할 때의 설렘과 두근거림은 줄어들지만 애틋함은 더 커가는 것 같다. 사랑은 마주보는 것이 아니라 같은 곳을 바라보는 것이라는 말이 크게 유행했다. 실제로 연애할 때, 그리고 신혼 때는 서로 바라보는 시간이 많았다. 그런데 정말 어느 순간부터는 같은 곳을 바라보고 있다는 느낌이 든다. 그렇다고 사랑의 강도가 약해지는 것은 아니다. 그저 연애 때의 감정과 부부로서의 감정은 조금 다를 뿐이다. 기쁨, 슬픔, 실망, 원망 등 살면서 어쩔 수 없이 겪게 되는 다양한 감정이 딱지도 되고 굳은살도 되면서 더 탄탄한 감정이 되어간달까. 화려함은 사라지지만 조금 더 향이 짙어지는 느낌이다.

나름대로 바쁘고 고단한 하루를 보낸 뒤 옆에서 잠든 아내의 새근새근 숨소리를 들을 때, 딸과 아들의 얼굴을 말없이 쓰다듬을 때 느끼는 그 감정을 경험해보지 않은 사람한테 어떻게 설명할 수 있을까. 고민거리가 많아 잠 못 이루고, 속이 쓰려 '알마겔'을 두 포나 먹고 멀뚱멀뚱 밤을 지새우다가도 잠든 아내의 숨소리를 듣고, 아이들을 닮은 얼굴을 보고, 그 얼굴을 쓰다듬으며 깊은 위안을 얻는 경험이 설명한다고 제대로 전달은 될까. 아내도 이따금 내 얼굴을 쓰다듬을 때 모르는 척, 자는 척하면서 느끼는 행복감을 뭐라고 표현할까.

그래도 명색이 선배라 내 경험을 한마디 보탰다.

"겁먹지 말고 겪어봐. 갈수록 또 다른 종류의 사랑이 새록새록 나오니까."

후배는 꼰대 같은 소리를 한다지만 어쩔 수 없다. 사실이니까.

샤도우랜드

"정말이야? 나니아 연대기 원작자가 C. S. 루이스라고?"
"맞다니까."
《해리포터》, 《나니아 연대기》 등을 너무 좋아해서 책의 모든 구절들을 다 외우다시피 한 딸아이가 말했을 때 믿을 수가 없었다. '아슬란'을 만든 사람이 C. S. 루이스라니…….

오래전 묵직한 남자의 사랑이 내게 큰 감동으로 다가왔던 영화가 있었다. C. S. 루이스의 사랑과 아픔을 다룬 영화 〈샤도우랜드〉다.

1952년 영국. C. S. 루이스안소니 홉킨스 분는 이성적이고 냉철한 옥스퍼드대학교의 영문과 교수다. 바늘 한 방 들어갈 것 같지 않는 그는 항상 흔들림이 없고 감정도 없는 견고한 바위 같다. 친구들 사이에 '잭'이라 불리던 그의 삶에 미국인 시인이자 작가인 조이 그래샴데브라 윙거 분이 찾아온다. 그녀는 C. S. 루이스와 달리 감성이 풍부하고 외향적이다. 또한 C. S. 루이스 못지않은 지성을 갖추고 있었다.

감정에 휘둘리는 일이 없었던 잭은 다른 이성에게는 조금도 곁을 내어주지 않더니 스스로가 놀라울 정도로 조이에게 마음을 빼앗기기 시작한다. 조이가 방탕한 남편과 이혼하기 위해 미국으로 돌아갔을 때 잭은 그녀를 향한 자신의 사랑이 얼마나 간절한지 깨닫게 되고 그녀를 그리워한다.

몇 개월 후 조이가 돌아오지만 잭은 자신의 가슴에 묻어둔 감정을 표현하기를 주저한다. 그러면서 조이의 여덟 살짜리 아들 더글라스조셉 마젤로 분와 가까워지며 마음이 조금씩 부드러워진다. 조이의 체류 기간이 만료되려 하자 잭은 그녀가 영국에 계속 머무를 수 있도록 계약 결혼을 한다. 그러면서도 잭은 그녀에게 거리를 허용하지 않는다. 그러나 조이는 그것이 강박관념처럼 지닌 잭의 도피 본능임을 알고 이를 깨뜨리려 노력한다.

드디어 잭의 감정에 변화가 오기 시작한다. 그녀를 사랑하기로, 그 마음을 표현하기로 다짐한다. 그러나 조이는 사형선고나 마찬가지인 악성골수암 진단을 받는다. 그녀를 잃게 될까 봐 두려운 잭은 자신의 사랑을 고백한다. 느릿느릿, 어색하게, 그러나 절절하게. 조이의 병세도 호전된다. 잭은 자신의 인생이 새로 시작되고 있음을 느낀다. 자신에게도 사랑의 감정이 찾아왔음을 알게 된다. 그러나 행복한 나날은 오래가지 않고 조이의 병세는 다시 악화된다. 그는 평생 처음 자신의 마음을 흔들어놓은 그녀와의 이별이 멀지 않았음을 느끼고, 그녀의 아들 더글라스를 잘 키우겠노라 약속한다. 잭은 그녀와의 이별에 눈물을 흘린다. 그는 온몸으로 사랑과 이별의 아픔을 겪어낸다. 별다른 말을 하지 않아도 그의 상실감과 슬픔이 얼마나 큰지 잘 느껴진다.

이 영화는 나를 남자로 만들어준 영화다. 비슷한 시기에 드라마 〈사랑이 꽃피는 나무〉의 최재성, 〈내일은 사랑〉의 이병헌이 보여준 절절한 사랑으로 몸살을 앓던 내 방황에 종지부를 찍었다. 한 치도 흔들림 없던 노교수에게 어렵사리 찾아온 사랑과 눈물이 내게 준 묵직한 감동은 너무도 강력했다.

이 영화가 나오기 불과 몇 해 전 조디 포스터와 출연했던 〈양들의 침묵〉에서의 한니발 렉터 박사의 냉혹한 이미지가 너무도 강력했던 안소니 홉킨스의 명연기는 그 이후 지금까지 내게 '남자의 사랑'에 대한 묵직한 잔상으로 남아 있다. C. S. 루이스는 내게 그런 이미지였다.

그런데 그런 그가 《나니아 연대기》 같은 작품을 남겼다니 믿기지 않았다. 젊은 시절 그는 《순전한 기독교》를 통해 내게 큰 영향력을 준 인물이다. 그는 학자를 넘어서 위대한 작가였다. 그리고 한 여자를 사랑한 한 남자였다.

감성이 메말라가는 것을 느끼면 가끔 이 영화를 본다. 지금도 늘 안개가 끼어 음산하기까지 한 그의 집 문을 열면 그곳에 고집불통 노교수 C. S. 루이스가 정장 차림으로 코끝에 안경을 걸치고 앉은 채 책을 읽고 있을 것 같다.

첫눈 오는 날

아직 11월 중순인 어느 날, 아직 단풍이 한참인 날, 낙엽이 가장 예쁜 어느 날, 원고를 검토하며 카페에 앉아 있는데 내린 첫눈…….

옆자리에 앉은 여성 셋이 즐거워했다. 바로 옆자리라 자연스레 그들의 대화를 듣게 되었다. 세상 행복한 표정으로 너무 재미있고 즐겁게 대화를 나누고 있었다. 나도 대화에 끼고 싶을 정도였다.

친구 누구는 새로운 남자 친구가 생겼고, 누구네 강아지는 새끼를 낳았고, 자신의 직장 상사가 바뀌었고, 아빠 생신 때 등산복을 사드렸더니 너무 좋아하셨고, 오늘 커피를 몇 잔째 마신다는…….

아무리 봐도 웃음이 나거나 즐거움이 묻어날 만한 대목은 찾기 어려웠지만 모든 대화마다 너무 즐겁게 심지어 까르르 웃으며 쉴 새 없이 대화를 이어갔다. 그러던 그녀들이 대화를 모두 멈추고 어린아이처럼 첫눈을 반겼다. 그녀들에게 첫눈은 모든 대화를 압도할 큰 사건인 것 같았다.

나도 첫눈이 내리면 괜히 들뜨던 때가 있었는데 언제부턴가 쓸쓸한 기분이 들었다. 분명 첫눈이 오면 전화기부터 찾던 때가 있었는데 말이다. 때 이른 눈이 아직 다 누리지 못한 가을을 자꾸 떠밀어 보내려는 것 같아 슬펐다. 그런데 시간이 더 지나니 기쁨이든 쓸쓸함이든 첫눈이 와도 아무 감흥도 느끼지 못하고 있음을 깨닫고 당황스러웠다. 그저 혼잣말로 중얼거릴 뿐이다.

"올해도 첫눈이 내리는구나. 길이 미끄러우면 안 되는데……."

그래도 첫눈이 온다고 설레는 목소리로 여기저기 전화를 거는 그녀들의 목소리에 나도 조금은 들뜨고 있음을 느꼈다. 그리고 스마트폰을 집어 들었다.

사소한 일상은 결코 사소하지 않다

다음 날 중요한 일이 있어 잠자리에 들 때 알람을 맞추며 기도했다.

'내일 아침 꼭 알람 소리를 듣게 해주세요.'

집 시세를 알아보다가 신사동 집 시세가 생각보다 싸서 놀랐는데 알고 보니 강남구 신사동이 아니라 은평구 신사동이었다.

아파트 앞 화단에 길냥이가 삐쩍 마른 새끼들을 데리고 어슬렁거리기에 밥을 챙겨줬다.

단골 카페에서 주문한 커피를 받아 들 때마다 "오늘도 맛있는 커피 만들어줘서 고마워요"라고 인사했다.

알람 소리를 잘 들은 덕분에 좋은 회사에서 7년간 일할 수 있었다.

바로 다른 곳 아파트 시세를 알아보게 되었고 그 덕분에 지금 집에서 10년째 살고 있다.

언제부턴가 아파트 화단에서 가끔 보이던 쥐들이 자취를 감추었다.

단골 카페 직원이 그만두게 되었다고, 그동안 감사했다고 일부러 찾아와 인사를 한다.

사소한 일상은 결코 사소하지 않다.

아침에 잠에서 깰 때면 두 눈을 뜨기 힘들 정도로 아침 햇살이 눈부시다.

그만큼 지난밤이 어두웠기 때문이다.

기지개를 켠다.

사소한 하루의 시작이지만 모든 사람에게 주어지는 하루는 아니다.

기나긴 어둠을 이겨낸 우리는 눈부신 아침을 맞을 자격이 있다.

평소처럼 새로운 하루를 맞아 기쁜 마음으로 기지개를 켤 때면 드는 생각이다.

'오늘은 또 어떤 사소한 일들이 기다리고 있을까?'

아빠는 왜
서울대 안 갔어?

"아빠는 왜 서울대 안 갔어?"

몇 해 전, 초등학교에 입학한 지 얼마 안 된 아들이 물었다. 이제 고3이 되는 딸과 아들은 일곱 살 차이가 난다.

"으응…… 너무 멀어서 안 갔지."

그리고 얼떨결에 한마디 덧붙였다.

"그러니까 너도 가지 마. 집에서 너무 멀어."

그런데 아들이 며칠 전 갑자기 내게 와서 선언을 했다.

"아빠! 나 서울대 가기로 결심했어."

"그래? 왜 그렇게 결심했는데?"

"거기 학비가 제일 싸대."

옆에서 아내가 웃고 있었다.

소파에 앉아서 간식을 먹던 예비 고3 딸도 피식 웃었다.

'정 네 생각이 그렇다면 말리지 않겠다, 아들아!'

재능 있는 연기자

잘난 척, 아는 척, 예쁜 척, 있는 척, 착한 척…….
살다 보면 어쩔 수 없이 빈번히 '척'을 해야 한다.
그러고 보면 우리는 모두 재능 있는 연기자다.
때론 발연기도 나오지만, 뭐 상관없다.

그 많은 '척' 가운데 살면서 가장 많이 해온 것은 '괜찮은 척'이 아닐까?
솔직히 표현하기보다 더 많이 참아야 하는, 감정들을 마음 깊은 곳에 차곡차곡 쌓아놓아야 하는, 그렇게 '괜찮은 척' 하루하루를 살아낸다.
'괜찮은 척'을 하며 살아내다가 거울을 들여다보며 울컥해지기도 한다. 나를 보며 웃어주는 이가 거울 속의 나뿐임을 느낄 때 말이다.

달리 방법이 없어서, 또는 자존심이 상해서 '괜찮은 척'을 하게 되면 주위에서는 정말로 내가 괜찮은 줄 알고 지나간다.
신기하게도 '괜찮은 척'을 하면 정말 괜찮아지기도 한다.

최근 들어 가장 많이 하는 '척'은 아마 '어른인 척'이 아닐까 싶다.
그런데 이 '어른인 척'은 '괜찮은 척'과 다르게 아무리 해도 정말 어른이 되지는 않는다.
그래도 언젠간 진짜 어른이 되고 싶은 소망에 계속 '어른인 척' 지낸다.

까짓 오늘은 '행복한 척'을 하며 보내봐야겠다.
그러면 정말 행복해질지도 모른다.
행복해지지 않아도 밑져야 본전 아닌가.

이름 없는 사람이 어디 있나?

단골 카페에서 글을 쓰면 집중이 잘된다. 가끔 머리를 식히고 싶으면 2층 창가에 앉아 오가는 사람들을 보며 글을 쓰기도 한다. 오늘은 한 문장을 썼다가 지웠다.

'어딘가 바쁘게 오가는 이름 없는 사람들…….'

이름이 없다니. 세상에 이름 없는 사람이 어디 있나. 이름이 없는 것이 아니라 내가 이름을 모를 뿐이지.

정혜신의 《홀가분》이라는 책에는 이런 글이 나온다.

'생전에 수많은 소설가의 스승으로 불릴 만큼 존경받던 작가는, 이름 없는 들꽃이 지천에 만발했다, 따위의 표현을 쓰는 작가들을 엄하게 질타했습니다. 쓰는 이가 무식하거나 게을러서 미처 몰랐을 뿐 세상에 이름 없는 들꽃이 어디 있느냐는 거지요. 꽃 피는 소리를 내가 듣지 못한다고 하루라도 꽃이 피고 지지 않는 날이 있던가요. 우리가 미처 모른다고 존재하지 않는 것은 아닙니다.'

박경리 선생의 이야기다.

"나이가 들어도 내 눈에 보이는 세상이 전부인 것처럼 착각을 한다. 내

뒤통수는커녕 고개를 돌리지 않으면 눈 옆도 보지 못하면서 말이다."

내가 이름을 모르는 그 사람들은 모두 행인 1, 포졸 2의 엑스트라가 아니다. 카페에 배경처럼 앉아 있는 사람들, 거리에서 옷깃을 스치며 어디론가 바삐 가는 사람들, 지하철 앞자리에 앉아 무엇인가 들여다보는 사람들 모두 이름 없는 사람들이 아니라 자기 인생의 주인공들이다.

세상에 소중하지 않은 인생이 어디 있나?
오늘도 주어진 하루 열심히 살아내는 모든 인생은 주인공으로 존중받아 마땅하다.

진정한 감사란

내 인생에서 가장 감사한 제목을 하나 꼽으라면 두말할 것 없이 '가족'이다. 지극히 평범하지만 법 없이도 살 정도로 착하게 베푸시던 부모님 밑에서 자란 것이 얼마나 큰 축복인가. 평생 친구인 아내를 만나 가정을 이룬 것도 감사할 일이다. 그리고 눈에 넣어도 아프지 않을 보석 같은 딸과 아들이 건강하고 무난하게 잘 자라나고 있으니 얼마나 감사한 일인가 말이다. 두 번째, 세 번째 감사의 제목을 나열하지 않고 첫 번째 감사 제목에 관해서만으로도 한참을 써 내려갈 수 있다. 그동안 살아오면서 느낀 감사의 제목을 다 열거하기 어렵다.

그런데 나는 왜 오늘 하루 종일 인상을 쓰고 살았을까.

이미 내가 가진 것보다 내게 없는 것 하나, 남이 가진 것 하나에 욕심을 내느라 그런 건 아닐까?

진정한 감사는 이미 내가 가진 것을 돌아보는 데서 시작한다.

그런데 그것이 참 어렵다.

달은 말한다

쨍쨍한 햇볕 아래에서는 왠지 위축되는 느낌이 들지만 소박한 달빛 아래에서는 괜히 마음이 포근해지고 솔직해진다. 달빛이 흐드러질 때 봄날 꽃들의 하늘거림은 축제 같고 겨울 눈밭도 아늑하게 느껴진다. 가을 달빛에서는 메밀꽃 향기가 난다.

달이 좋은 이유는 바라볼 수 있어서이다. 그리고 대화를 나눌 수 있어서이다.

보름달은 이렇게 말한다.
"나처럼 둥글둥글하게 살아."

초승달은 이렇게 말한다.
"나처럼 소박하고 예쁘게 살아."

반달은 이렇게 말한다.
"지금 상황에 만족할 줄 알아야 해."

심지어 구름이 많아 달이 보이지 않는 날은 늘 달과 대화하던 내 마음이 말한다.

"보이지 않지만, 저 구름 너머엔 예쁜 달이 있단다. 그런데 나도 가끔 그 사실을 잊어버리곤 해."

CHAPTER 2

참고 버티기 :

다
지나간다는 사실이
때로는 얼마나 큰
위로가 되는지

지나간다

유난히 막히는 어느 날 퇴근 시간. 강변북로를 운전하며 지나는데 때마침 라디오에서 흘러나오는 노래에 마음이 움직였다. 김범수의 '지나간다'였다. 감기도, 열병도, 추운 겨울도, 장맛비도, 고통도, 짙은 어둠도 모두 지나가니 힘들어도 하루하루 버텨낸다는 내용의 가사가 내 마음에 촉촉하게 스며들었다. 잔잔한 노래를 듣고 있자니 위로가 되었다. 그날의 힘들었던 일들도 조금은 잊을 수 있었다.

우연히 찾아온 노래 한 가락이, 시의 한 문구가, 광고 카피 한 줄이, 다큐멘터리 출연자의 내레이션 한마디가 천둥 치듯 가슴을 후벼 파는 경우가 있다. 마른하늘의 느닷없는 번개가 고목을 후려쳐 반쪽 내듯이 말이다.

누구나 인생의 차가운 밑바닥에 철퍼덕 넘어지는 경우가 있다. 지금이 인생의 가장 밑바닥이라고 생각하는 사람에게 가장 무서운 생각은 '어쩌면 지금이 가장 밑바닥이 아닐 수도 있다'라는 것이 아닐까. 이리 견디기 힘든데 더 힘들면 어찌 버텨내란 말인가.

그러나 더 밑바닥으로 떨어지면 또 버텨낸다. 이미 버텨냈던 경험의 힘을 통해서 말이다. 그래도 위로가 되는 것은 다 지나간다는 사실이다. 신호등 앞에서 기다릴 수 있는 건 신호가 곧 바뀔 것을 알기 때문이다.

나는 '젊었을 때 고생은 사서도 한다'는 말을 별로 좋아하지 않는다. 이리 고통스러운데 왜 사서 하는가 말이다. 고생 끝에 '낙'이 오는 것이 아니라 '병'만 얻는다고 생각했다. 극한의 고통을 경험해본 사람에게는 몸서리쳐지는 상상이다. 그러나 그런 상황이 되어도 절대 절망하지는 말 일이다. 자신이 원했든 원하지 않았든 남들이 경험하지 못한 고통과 어려움을 이겨낸 경험은 분명 앞으로 살아가는 데 도움 될 것이기 때문이다. 다시 기억하기는 싫지만 경험을 통해 내 기억이, 내 몸이, 내 세포가 전보다 더 잘 버텨낼 것이다.

고통의 시간을 보내는 사람에게 그 시간도 곧 지나갈 것이라는 사실은 큰 힘이 된다. 그러나 행복한 시간도 지나간다. "난 지금 가장 힘든 시기를 보내고 있어"라고 고백하는 사람은 있어도, '지금이 가장 행복한 때'라는 것을 알아채는 사람은 드물다. 시간이 지나고 나서야 '그때가 행복했음'을 깨닫는다. 우리는 손 안에 주어진 행복을 누리는 데는 참 서툴다.

그렇다고 지나갈 행복을 미리 겁내고 걱정할 필요는 없다. 지나간 행복은 또다시 찾아올 것이기 때문이다. 행복 가운데 있으면서도 알아채지 못하고 불평만 하며 불안에 휩싸여 살다가 '그때가 행복한 거였어'라는 어리석은 깨달음을 얻기 전에, 지금 내게 주어진 행복을 맘껏 누려봄이 어떨까. 지나가기 전에 말이다.

마음만은 무너지지 않도록

그런 날이 있다. 별일 아닌데도 화가 나고, 별말 아닌데도 마음이 무너진다. 모두 나만 미워하는 것 같고 모두가 내게서 돌아앉은 것 같다. 왜 자꾸 내게만 이런 일이 일어나는지 도무지 받아들일 수가 없다. 나 빼고 모두 행복해 보이니, 자꾸만 나 자신이 비참해진다.

경제대공황이 몰아쳐 사회 분위기가 전체적으로 처지고 암울했던 1930년대 미국에서는 오히려 사람들이 식탁에 화사하고 예쁜 꽃을 꽂아두고, 가장 좋은 그릇을 사용하여 식사를 했다고 한다.

경제적으로는 힘들고 비참하지만 마음만은 무너지지 말자는 의미였을 것이다.

내 마음은 내가 지켜야 한다. 무너지지 않도록 말이다. 일부러라도 그리해야 한다. 가장 아름다운 꽃을 마음에 꽂고 향기를 맡고 아름다운 자태를 보며 마음을 지켜내야 한다. 모두가 내게서 돌아앉은 것이 아니라 내가 홀로 돌아앉은 것은 아닌지 생각해보며 말이다.

선배님은 실패한 적 없어요?

"선배님은 살면서 크게 실패한 적 없어요?"

고민이 많다는 한 후배가 찾아와서 상담을 요청했다. 모두의 축복 속에 결혼했지만 불과 2년 만에 이혼을 했고, 멀쩡히 잘 다니던 회사를 그만두고 다른 회사에 좋은 조건으로 스카우트되어 갔지만 새 회사가 어려워져서 구조조정 와중에 회사를 그만둬야 했다.

"나도 후회가 많아. 내 실패 이야기를 쓰면 책으로도 몇 권은 될 거야."

사람은 누구나 실패를 경험한다. 점심 때 여러 메뉴 중 하나를 선택했다가 실패하거나, 더 세련된 스타일을 위해 미용실을 바꿨다가 '폭망'하기도 한다. 이런 실패는 애교로 받아줄 정도로 아주 사소한 일이다. 그 메뉴는 다음에 선택하지 않거나 그 미용실엔 다시 가지 않으면 그만이다. 이런 소소한 일은 직접 몸으로 겪어 실패하지 않으면 깨달을 수 없는 일이기도 하다. 하지만 사랑에 실패하거나 사업에 실패하는 경우처럼 인생을 휘청하게 할 만한 실패를 경험하기도 한다.

재산 대부분을 쏟아부었는데 주식이 곤두박질칠 때는 내 손모가지를 비틀어버리고 싶어도 이미 때는 늦었다. "내가 너무 심했어"라고 후회해봐야 이미 돌아선 마음을 되돌리는 것은 불가능하다.

누구나 답을 알고 있다. 실패를 딛고 일어나야 한다는 것 말이다. 그러나 막상 그 상황에 닥쳐보면 그리 쉽지 않다. "세상의 반은 남자니까 그 못된 남자는 잊어버려"라는 충고도 허공에 맴돌 뿐 밥도 목구멍으로 넘어가지 않고 세상을 살아갈 의미도, 자신도 없어 보인다. 행복하다고 외치는 모든 SNS의 피드와 친구들이 다 나를 조롱하는 것 같다. 나 말고 모두 다 행복해 보인다.

정답은 시간 아닐까. 시간이 흐르면 완전히 잊지는 못해도 상처와 아픔은 조금씩 치유된다. 문제는 그 흐르는 시간을 어떻게 보내는가이다.

세계에서 가장 유명한 영화감독이라 해도 만드는 영화마다 다 영화제에서 상을 받는 것은 아니다. 스타벅스에서 가장 각광받는 메뉴도 이름도 알리지 못하고 사라져간 수많은 레시피 중 하나였다. 스티브 잡스는 자신이 창업한 회사에서 쫓겨난 적도 있었다.

실패했을 당시를 떠올리면 정말 살아갈 자신이 없을 정도로 절망에 빠진다. 그러나 시간이 한참 흐른 뒤 돌아보면 웃으며 이야기할 수 있는 추억거리가 된다. 허공에 떠도는 무수한 먼지처럼 많은 실패, 가을날 땅에 떨어져 밟히는 셀 수 없는 낙엽처럼 많은 실패를 우리는 살면서 수없이 경험한다. 그 실패에 일일이 반응하면 몸도 마음도 견디지 못한다.

정해져 있는 답, 알고 있는 답을 실행해야 한다. 우리 주위에 성공한 사람 대부분은 이 과정을 거쳤다. 실력도 안 되는데 재력과 백으로 승마 국가대표도 하고 명문대를 갈지라도 끝이 좋을 리 만무하다.

스티브 잡스나 빌 게이츠는 대학을 중퇴해서 성공한 것이 아니라 대학을 중퇴했음에도 불구하고 성공한 것이다. 십수 년간 열심히 살며 빚을 갚고 있는, 그룹 룰라 출신 방송인 이상민이 수십억 원의 빚을 떠안고 바닥에 내던져졌을 때 그의 심정은 어떠했을까. 그러나 그가 성실히 빚을 상환하고 결국 그 끝을 보았을 때, 앞으로 그의 인생은 빛날 것이라는 생각이 들었다. 누구보다 인생 공부를 진하게 했기 때문이다. 다시는 과거의 잘못을 반복하지 않을 것이기 때문이다.

이왕 엎질러진 물, 벌어진 일에 마음을 쏟느라 지금 내 입에 밥을 넣지 못하는 것은 당시 실패를 선택했던 것만큼 어리석은 일이다.

선택의 기로에서 항상 옳은 결정만 하는 사람은 없다. 그러나 성공한 사람들의 공통점은, 그들이 자신들의 선택을 옳은 것으로 만들었다는 것이다.

야구는 인생을 닮았다

나는 야구를 좋아한다. 리틀야구 선수 시절부터 나는 야구를 보면서 환호하고 절망하며 성장해왔다. 희로애락이 다 들어 있는 야구는 그래서 인생을 닮았다.

나는 홈런을 치고 환호 속에 그라운드를 도는 타자보다 고개를 떨구고 그 순간 마운드에서 세상 그 누구보다 외로울 홈런 맞은 투수에게 더 눈길이 간다. 그 투수를 지켜보며 누구보다 안타까울 가족의 마음이 어떨지 헤아려진다.

즐거울 땐 즐거움을 누리면 그만이지, 왜 딴지냐고 생각할 수도 있겠다. 그러나 홈런을 가장 많이 치는 타자도 열 번 중 일곱 번은 고개를 떨구고 덕아웃으로 힘없이 돌아가는 게 현실이다.

세상에는 성공하는 사람보다 실패하는 사람이 압도적으로 많다.
그러니 성공이 귀한 것이다.
그래서 실패해도 괜찮은 것이다 .
홈런을 치고 환호 속에 그라운드를 도는 타자도 실패의 경험이 많았으니까 홈런을 친 그 순간 그리 기뻐할 수 있는 것이다.

홈런을 친 타자이든, 홈런을 맞은 투수이든, 성공한 사람이든, 실패한 사람이든 모두 박수를 받을 만하다. 최선을 다했다면 말이다. 우리가 쏟은 땀을 그라운드는 알고 있기 때문이다.

지금도 인생 그라운드에서 열심히 땀 흘리는 우리를 향해 응원하고 박수 칠 사람들을 생각하면 또다시 일어설 힘이 생긴다.

고개를 떨굴 필요가 없다.

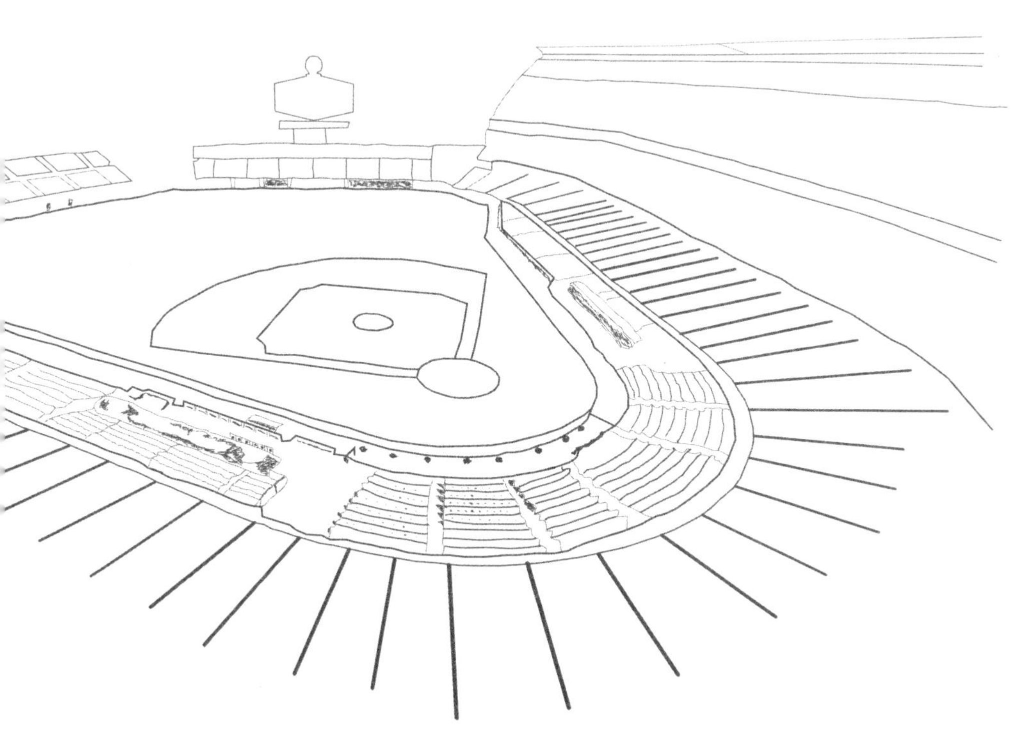

세상에는
성공하는 사람보다
실패하는 사람이
압도적으로 많다.

그러니
성공이 귀한 것이다.
그래서
실패해도 괜찮은 것이다.

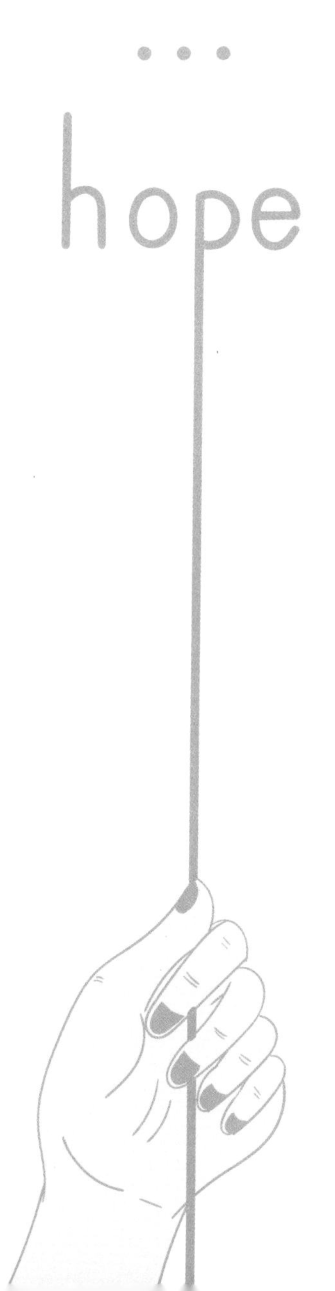
...
hope

생각을 바꾸면

화창한 어느 봄날, 길가에 핀 벚꽃을 보고자 버스를 타고 맨 뒤 따스한 햇빛이 들어오는 창가 자리에 앉았다. 내 바로 앞에 대학생처럼 보이는 여학생이 머리에 헤어롤을 만 채로 열심히 스마트폰을 들여다보고 있었다. 가끔 머리에 헤어롤을 한 채로 운전하는 여성들을 보긴 했지만 공공장소에서 그렇게 대놓고 머리를 말고 있는 모습은 보기 힘든 광경이었다.

그 모습이 내 눈에는 나쁘게 보이지 않았다. 차 타고 가는 시간 동안 머리를 잘 말았다가 조금 더 예쁜 모습으로 내릴 수 있으니 참 생산적이고 효율적이라 생각했다. 그리고 그 학생의 당당함이 좋았다.

한 직장 동료와 지하철을 타고 이동을 하고 있었다. 맞은편에 앉은 한 여성이 다른 사람의 시선은 아랑곳하지 않고 열심히 화장하는 것을 보고 동료는 에티켓이 어쩌고 하면서 언짢아했다.

"시간도 절약하고 좋지 않아요? 다른 사람에게 피해를 주는 것도 아니잖아요."

그 동료는 나보고 마음이 너무 넓거나 아니면 자기와는 가치관이

다른 것 같다고 했다. 그러나 바쁜 아침 시간에 조금 더 잠을 자거나, 회사에 들어가서 화장할 시간에 커피 한잔 마시며 하루를 준비하고 혹은 조금 먼저 일과를 시작할 수 있으니 '시간을 참 알차게 쓰는구나'라고 생각하면 오히려 기특한 마음이 들지 않을까.

나는 오히려 여성들이 조금 더 당당하게 나갔으면 좋겠다는 생각이다. 남성들이 지하철 차창 유리를 보며 넥타이를 맨다거나, 남들 앞에서 바지춤을 올리는 것, 음식점을 나오면서 이쑤시개로 쩝쩝거리며 이를 쑤시는 일도 마찬가지 아닌가.

서울에서 대학을 졸업하고 1년째 우리 동네 편의점에서 아르바이트를 하며 취업 준비를 하고 있는 한 청년과 대화를 나누었다.

"친구들은 외국에 어학연수나 여행을 다녀오고 자격증 등 스펙을 쌓느라 난리인데 저는 형편상 아르바이트를 해야 하니 냉정하게 보면 정상적인 취업은 더 어려울 것 같아요."

남들보다 늦게 자고 일찍 일어나도 늘 시간이 없었다는 그녀는 자신이 졸업한 학교에 들어가기 위해 전 과목 2등급 이상의 성적을 받은 성실한 학생이었다.

"생각을 바꿔봐요. 지금 남이 하지 못하는 값진 경험을 하고 있는 중인 거라고……."

그게 어렵다는 것을 잘 안다. 그러나 내가 해줄 수 있는 최상의 말이었다.

만일 내가 신입 사원을 뽑는다면, 다른 조건이 비슷할 때 편의점에서 혹은 카페나 식당에서 아르바이트하며 열심히 그리고 포기하지 않고 취업문을 두드린 친구에게 기회를 줄 것 같다. 드라마 〈쌈, 마이웨이〉에서 다른 사람들이 유학 가고 대학원 가고 해외 봉사를 할 때 뭐 했냐는 면접관에게 당당하게 대답한 최애라김지원 분의 대사는 무척이나 통쾌하면서도 마음이 아렸다.

"저는 돈 벌었습니다. 친구들이 유학 가고 해외 봉사하고 그럴 때, 저는 돈 벌었습니다."

젊은 청춘들이 정식으로 취업할 기회를 얻지 못해 각종 아르바이트 현장으로 내몰리는 것보다 더 안타까운 일은, 그런 상황에서라도 미래를 위한 꿈을 꾸지 못하게 하는 차가운 현실이 아닐까.

지금은 고상함의 대명사처럼 보이는 클래식도 과거에는 대중음악이었다. 기독교음악의 정수 헨델의 '메시아'도 당시에는 교회에서 연주하지 못하고 극장을 빌려서 연주해야 했다. 사람들의 생각과 문화는 계속 바뀌고 진보한다. 그에 따라 많은 것이 바뀌는데 우리의 고정관념은 모든 변화 중 가장 늦게 따라오는 것 같다. 생각을 조금만 바꾸면 이해 못 할 일이 그리 많지 않다.

잘 떠나보내는 법

"면도하는 법도 가르쳐주지 않았잖아요!"

맷 데이먼과 스칼렛 요한슨이 출연한 가족영화 〈우리는 동물원을 샀다〉에 나오는 대사이다. 영국의 칼럼니스트 벤자민 미가 쓴 동명의 실화 에세이를 바탕으로 제작한 이 영화에서 맷 데이먼은 벤자민 미의 역할로 출연한다.

벤자민은 사랑하는 아내를 먼저 떠나보낸 슬픔을 잊고자 청소년기의 아들과 더 어린 딸을 데리고 한적한 마을의 동물원을 사서 이사한다. 벤자민은 거기서도 좀처럼 마음을 잡지 못하고 아이들은 아이들대로 방황한다. 어느 날 자신도 최선을 다하는 중인데 자신을 왜 이해하지 못하냐고 아들과 다투다가 아들의 한마디에 벤자민은 마음이 무너진다. 남자아이는 면도를 시작하면서부터 인생의 많은 부분이 바뀌기 때문이다. 그 후부터 그는 자신보다 더 힘들 아이들에게 더 좋은 아빠가 되기 위한 고민을 시작한다.

짝사랑으로 고민하는 아들에게 해준 "딱 이십 초만 미친 척하고 용기를 내"라는 조언은 이 영화 최고의 명대사로 꼽힌다.

드라마 〈응답하라 1988〉의 도입 부분에서도 인상적인 장면이 등장한다. 고등학생인 선우고영표 분가 얼굴에 상처가 난 채로 들어오자 혹시 싸운 것은 아닌지 불안한 생각이 든 엄마가 자초지종을 물으니 선우는 면도하다 베었다고 설명한다. 그러나 엄마는 믿지 않고 계속 불안해한다. 알고 보니 아빠가 일찍 돌아가신 선우는 진짜 면도하다 얼굴을 벤 것이다. 남자들은 보통 아빠로부터 면도하는 법을 배운다. 그런데 선우는 아빠가 일찍 돌아가셨기에 면도하는 법을 따로 배우지 못한 것이다. 면도하는 법은 별다른 게 없다. 면도날과 같은 방향이 아니라 수직으로만 움직이면 된다. 엄마는 택시 운전을 하는 남동생을 불러 돈을 주며 조카인 선우와 함께 목욕탕에 가서 면도하는 방법을 가르쳐주라고 부탁한다.

어린 시절 아버지가 중동 기술자로 근무하셔서 초등학교 3학년 때부터 혼자 목욕탕과 이발소에 다녔던 나도 사춘기 시절 면도하다가 얼굴에 수없이 상처를 냈기에 이 장면이 더 마음에 와 닿았는지 모르겠다.

아이들을 키우다 보면 아이들이 부쩍 성장한 것을 느끼는 순간이 있다.

크리스마스를 앞둔 어느 날, 퇴근 후 아내로부터 그날 있었던 일을 전해 들었다. 당시 초등학교 2학년이던 아들이 친구들과 집에서 놀다가 말다툼을 했다는 것이다. 아들 친구들이 산타클로스로부터 받고 싶은 선물을 이야기하자 아들이 버럭 화를 내고 급기야 아이들과 고래고래 소리치며 싸웠다고 한다.

"싼타클로스가 어디 있냐? 엄마 아빠가 싼타클로스라고!"

아들이 이 사실을 어떻게 알았는지 아직도 궁금하다. 내 기억에, 어린 시절 산타클로스가 부모님이었다는 것을 안 이후의 세상은 그전과 많이 다르게 보였다.

삶의 진리를 또 하나 깨우친 아들이 기특하기도 했지만, 내 품에서 한 발짝 더 벗어난 것 같아 서운하기도 했다.

딸아이가 처음 생리를 시작한 날, 우리 가족은 작은 케이크를 사서 축하를 해줬다. 그렇지만 '드디어 이 작은 새가 우리 품을 떠나기 시작했구나' 하는 생각에 마음 한구석이 아려왔다. 아직 어린아이인데 몸이 어른이 되어가는 틈에 혼란스러울 딸아이가 안쓰러워 꼭 안아줬다. 몸과 함께 마음도 성숙하게 자라나길 기도하며!

나이가 든다는 것은, 성숙해진다는 것은 떠나보내는 일에 조금씩 익숙해지는 것이 아닐까. 부모님이 연로해지다가 언젠가는 결국 떠나실 것이고, 아이들도 커가면서 각자 자기 인생을 찾아 부모인 우리 품을 떠날 것이다. 언제까지 움켜쥐고 있을 수는 없다는 것을 잘 알지만, 떠나보내는 일에는 좀처럼 익숙해지기 힘들다. 잘 떠나보내는 법을 배우는 것이 나이 들면서 해야 할 가장 큰 숙제 아닐까. 이 고민은 아마 내가 떠날 때까지 계속될 것 같다.

커피 브레이크

내 첫 직장이던 글로벌 기업에서는 회의나 컨퍼런스 사이에 커피 브레이크 혹은 바이오 브레이크라는 시간이 있었다. 쉽게 말하면 쉬는 시간이다. 대부분 영어로 진행되었기 때문에, 나는 수업이 끝나갈 무렵 매점으로 뛰어가기 위해 다리 한쪽을 책상 밖으로 내놓고 쉬는 시간을 알리는 종이 울릴 스피커만 간절하게 바라보았던 학창 시절처럼 커피 브레이크를 간절히 기다렸다.

커피 브레이크는 경우에 따라 10분 정도 짧게 쉬기도 했고 30분 정도 커피와 다과를 즐기며 여유 있게 쉬기도 했다. 커피를 마시면서 다양한 국적의 직원들과 담소도 나누고 간단한 음식을 통해 에너지를 보충하면 그다음 세션은 매우 효율적으로 참여할 수 있었다.

당시 나는 커피를 마시면 심장도 많이 뛰고 잠도 잘 이루지 못해 즐기지는 않았지만 커피를 한잔하면 확실히 각성 효과가 있었다. 커피를 물처럼 마시는 외국인 직원들 사이에 있으니 나도 덩달아 마시는 경우도 있었다.

어찌 됐건 내가 커피를 좋아했는지에 상관없이 나는 이 달콤한 커피 브레이크를 많이 기다렸다. 친하게 지내던 일본인 동료 한 명은 나를 보고 "커피 브레이크만 되면 표정이 밝아진다"라고 할 정도였다.

인생을 살다 보면 본의 아니게 브레이크가 걸리는 경우가 있다. 앞만 보며 살다가 오랜 시간 원치 않는 휴식을 취해야 할 때가 있다. 군대의 경우는 힘들어도 복무 기간이 명확히 정해져 있어 어떻게든 견딜 수 있다. 그런데 짙은 안개처럼 앞이 잘 보이지 않고 브레이크 시간이 언제 끝날지도 모르는 경우는 '내 인생이 어쩌다 이렇게 되었나'라는 회한이나 '내가 여기서 끝나는 것은 아닐까'라는 불안 속에서 살게 된다.

이렇게 불안할 때는 역시 커피가 좋은 친구다. 커피를 한 모금 마시면 마음이 차분해지고 정신도 조금 맑아진다. 불확실한 시간 동안 많은 커피를 마시며 많은 생각을 품고 많은 글을 접한다. 당장은 조급하고 초조하지만 확실한 것은 커피 브레이크는 분명히 끝날 것이고, 이후 더 알찬 세션이 기다리고 있다는 것이다. 그러니 원치 않은 시간을 고통 가운데 보내야 하더라도, 이 시간이 다소 길어진다 하더라도 마음을 내려놓지 말고 다음 세션을 기대하고 준비하며 기다리는 것이 필요하다.

긴 인생을 살다 보면 몇 번의 커피 브레이크를 맞게 될 것이다. 이 시간들이 이후의 인생을 더 성숙하게 해줄 것이다.

어른은 겁이 많다

어른은 겁이 많다,
시행착오를 겪을 시간이 많지 않으니까.

어른은 그래도 여유가 있다,
생각대로 안 될 확률이 더 높은 것을 아니까.

어른은 오지랖이 넓다,
다 내 자식 일 같고 내 부모 일 같으니까.

어른은 달달한 커피가 좋다,
그동안 너무 쓴맛을 많이 보고 살았으니까.

어른은 눈물이 많다,
긴 세월 동안 차곡차곡 쌓아둔
눈물이 넘칠 때가 되었으니까.

토닥토닥

모두 잠든 밤 거실 구석에서 들려오는 아날로그 시계 소리,
창문을 두드리는 빗소리,
곤히 잠든 아이들의 새근새근 숨소리,
모두 잠든 새벽을 깨우는 신문 배달 청년의 뛰는 발걸음 소리,
밤새 비추던 달이 휴식을 준비하고
해가 또 새로운 하루를 준비하는 소리.

내겐 모두 같은 소리로 들린다.
토닥토닥…….
주위에 아무도 없는 것 같아도
많은 것이 나를 위로해주고 있다.
힘내라고, 힘내라고.

인생 공부

물에 빠질 때마다 허우적거렸더니 나중엔 웬만한 물에 빠져도 헤엄쳐 살아나는 방법을 배우게 되더라.

귀가 얇아 이 사람 저 사람의 달콤한 말에 속았더니 나중엔 누가 사기꾼인지 알겠더라.

배신을 많이 당했더니 지금 나를 보고 웃는 사람 중 누가 등에 칼을 꽂을지 보이더라.

이 길 저 길 하도 많이 헤맸더니 복잡한 미로에 갇혀도 나가는 길이 어렴풋이 보이더라.

어깨가 축 처진 청년들을 보면 내가 걸어온 길이 생각나 "힘내"라고 말해주고 싶더라.

지금 쓸모없는 생고생이 아니라 소중한 인생 공부 중인 거라고, 내가 살아보니 그렇더라고 말해주고 싶더라.

세상엔 교과서를 통해서가 아니라 몸소 부딪혀야 배울 수 있는 일이 더 많다.

저도 무릎이 아파요

운동을 하다가 무릎을 삐끗했고, 너무 아파 계단을 오르내리기 어려웠던 날이다.

지하철을 타야 해서 장애인용 엘리베이터를 탔다.

문이 빨리 닫히지 않아 정원을 넘긴 것이 아닌가 싶게 발 디딜 틈이 없을 정도로 많은 사람이 탔다.

그런데 뛰다시피 하여 겨우 탄 할머니 한 분이 날 위아래로 훑어보며 "요즘 젊은 사람들은……" 하면서 뭐라고 하신다.

무릎이 아프다고 먼저 설명할 수도 없고…….

지하철 엘리베이터는 왜 그리 천천히 닫히고 더디 움직이는지 1초가 1년처럼 흘러가는 느낌이었다.

아래층에 도착해서 엘리베이터 문이 열리자 나는 제일 먼저 튀어나갔다. 일부러 오버해서 다리를 막 찔뚝거리면서…….

아침 출근길 지하철에서 노약자 지정석에 앉아 있기에 내가 째려봤던 총각도 아마 무슨 사정이 있었을 것 같다.

바로 당신입니다

비가 좀 더 세차게 내려주길 바라는 날이 있다,
눈물이 빗물에 섞여 보이지 않을 테니.

바람이 좀 더 거세게 불면 좋겠다는 생각이 드는 날이 있다,
내 휘청거림이 강한 바람 때문인 줄 알 테니.

자욱한 안개가 사라지지 말고 시야를 좀 더 가려줬으면 싶은 날이 있다,
앞이 잘 안 보여 길을 헤매었다고 둘러댈 수 있으니.

햇빛이 좀 더 강렬하게 비춰주길 바라는 날이 있다,
차마 온전히 눈을 뜨고 세상을 바라보기 어려운 날 눈을 가늘게 떠도 티가 안 나니.

인생은 늘 그렇다.
때론

속절없이 눈물이 흘러도

갈지자로 휘청거려도

앞이 잘 보이지 않아도

눈을 제대로 뜨기 어려워도

견뎌내고 이겨내니 추억이 된다.

그리고 조금은 더 단단해진다.

아프지 않은 사람이 어디 있을까.

누구나 속을 들여다보면 생채기투성이다.

진짜 강한 사람은 아픔이 없는 사람이 아니라 아픔을 잘 극복한 사람이다.

상처를 흉터가 되지 않도록 잘 치유하는 사람이다.

그런 사람과 함께 있으면 태풍 가운데서도 안정감이 느껴진다.

오늘도 힘들었을 하루 열심히 살아냈을 당신 이야기다.

수고했어, 오늘도

유독 힘든 일이 많았던 어느 늦은 밤 운전을 하며 귀가하는 중이었다. 라디오를 켜자 흘러나오는 노래에 마음이 사르르 녹는 것을 느꼈다.

아무도 너의 슬픔에 관심 없대도
난 늘 응원해
수고했어 오늘도

옥상달빛의 '수고했어 오늘도'라는 노래였다.
이어서 커피소년의 '내가 니 편이 되어줄게'라는 노래가 흘러나왔다.

내가 니 편이 되어줄게
괜찮다 말해줄게

트렌디하고 개성 있는 목소리도 좋았지만 가사를 듣는 동안 바로 옆에서 오랜 친구가 공감해주고 토닥이며 위로해주고 있는 느낌이었다.

전에는 강산에의 '넌 할 수 있어'나 황규영의 '나는 문제없어'처럼 제삼자의 입장에서 힘내서 이겨내라고 격려하거나 잘 극복하고 일어서라는 내용의 곡이 많았다. 지금도 수능 전날에는 이런 곡이 많이 흘러나온다. 그러나 요즘에는 곁에서 "수고했어", "니가 아프면 나도 아파"라고 속삭여주는 토닥임에 더 큰 위로를 받는다. 앞에서 끌어주고 뒤에서 밀어주는 관계도 필요하지만, 그저 말없이 옆에 앉아 내 가장 약한 모습에도 미소를 지어주는 친구를 통해 힘을 얻는다. 갈수록 마음을 나눌 수 있는 친구가 그리워진다. 나이가 들어갈수록 더 그렇다.

바뀌는 건 내 마음이다

가뭄이 극성을 부리더니 장마가 시작되고
오랜 시간 동안 많은 비가 내렸다.
밤새 장대비가 내린 아침,
눈을 뜨자마자 창문 밖에 내놓았던
작은 다육식물 화분이 무사한지 궁금해졌다.
손을 뻗어 화분을 들여놓고 보니
빗방울이 이파리마다 대롱대롱 매달렸다.

이 방울들을 볼 때마다 재미있는 생각이 든다.
내 마음이 슬플 때는 대롱대롱 매달린
빗방울들이 눈물로 보이고,
기쁠 때는 송골송골 땀방울로 보이기 때문이다.
매일매일 바뀌는 건 내 마음이다.
변화무쌍한 날씨보다 변덕이 더 심하다.

나만 힘든 것은 아니구나

나이를 먹으면서 각종 모임이 많아지지만 그중에서도 기다려지는 모임은 고등학교 친구들과의 모임이다.

사실 나이가 들면서 나가게 되는 모임에는 사회적으로나 경제적으로 어느 정도 수준이 되어야 나오는 경우가 많다. 별 볼 일 없는 나는 그런 것 신경 쓰지 않고 그저 친구들 만나러 나가지만 말이다.

오랜만에 친구들을 만나면 얼굴 때깔도 좋고 표정도 밝다. 그러나 자리가 무르익으면서 점차 속내들이 나오기 시작한다.

이혼 후 싱글라이프를 즐기며 행복해 보이던 친구가 실제 겪는 어려움들을 꺼내놓자 멀쩡해 보이던 친구들이 너나없이 신세를 한탄하기 시작했다. 갑자기 '내가 이 세상에서 가장 불행해'라는 상을 놓고 경합을 벌이는 느낌이었다. 부부관계, 자식, 부모님, 사업, 심지어 사기와 배신 등 각자가 겪은 일들이 모두 스펙터클하다. 겉으로 멀쩡해 보이지만 저마다 모두 마음에 상처가 날 때마다 반창고를 붙이고 살아온 듯하다. 나무는 연륜을 나이테에 새기지만 사람은 마음에 반창고를 켜켜이 붙이는 것 같다.

다들 바쁘기도 하고 피곤하기도 하니 요즘은 모임이 1차에서 건전하게 끝나곤 한다. 모임이 끝날 무렵 호탕하게 한 번 웃고 "자주 만나자" 하며 자신의 삶 속으로 총총 사라진다.

헤어지는 길에, 그날이 사실 결혼기념일이라는 친구를 잡아끌고 근처 꽃집에 데리고 가 장미꽃 한 다발을 안겨서 보냈다. 내일이 아들 생일이라는 친구 녀석에게는 돌아오는 지하철 안에서 아이스크림 케이크 쿠폰을 하나 보냈다.

옛 친구들과의 만남에서는 늘 '나만 힘들게 사는 것은 아니구나'라는 위로를 받고 돌아온다. 세상에는 수많은 동지가 존재한다.

바다 보러 가자!

"바다에 가고 싶어요."

사랑에 실패한 후배를 위로해주는 자리에서 후배가 말했다. 양가 부모님까지 만난 사이라 당연히 결혼할 줄 알았는데 의외였다. 충격이 너무 큰지라 어떻게든 위로해주고 싶어 만난 자리에서 후배는 계속 울더니 바다에 가고 싶다고 했다.

얼마 지나지 않아 멀쩡하게 다니던 회사를 갑자기 그만두게 된 친구를 위로하는 자리를 만들었다. 부서에 불미스러운 일이 있었는데 자신이 모두 책임지게 되었다는 것이다.

"바다 보러 가자!"

그 친구는 자정이 다 된 시각에 다짜고짜 바다가 보고 싶다며 고집을 부렸다.

나도 비슷했다. 말할 수 없이 힘든 일을 겪었을 때, 내 힘으로는 아무것도 할 수 없을 때 무작정 바다가 보고 싶었다. 그러나 혼자서 바다에 가면 다시 방향을 돌리지 못할까 봐 겁이 나서 떠나지 못했다.

힘든 일을 겪을 때 바다가 생각나는 이유가 무엇일까. 아마 우리 발로 디딜 수 있는 땅의 가장 끝자락이기 때문 아닐까. 삶의 가장자리이기 때문 아닐까. 거기서 계속 가면 이제 다 포기하는 것이지만 대부분 우리는 그 끝에서 보이지 않는 저 끝을 향해 한숨 한 번 흘려보내고 원래 자리로 돌아온다.

바다는 온 세상 사람들의 한숨과 근심을 받아내느라 저리도 출렁대고 있는가 보다.

누군가의 일상 속으로

복잡하고 분주해진 마음을 진정시키려 지방의 경치 좋은 곳에 집을 마련해 정착한 지인 집을 찾았다. 새벽이면 더 진하게 발산하는 대지의 향기를 느낄 수 있었고, 밤이면 일부러 박아놓은 보석처럼 빛나는 별들을 보며 휴식을 취할 수 있었다. 자연이 주는 가장 큰 선물은 치유와 휴식이다.

평화로운 시골의 일과는 이른 새벽부터 시작한다. 새벽에 산책을 하다가 이미 일을 끝내고 오시는 마을 어르신을 만났다.

"새벽같이 일하고 오시네요? 벌써 일 다 하셨어요?

그랬더니 하회탈 같은 주름과 함께 활짝 웃으며 대답하신다.

"오늘 관광 가니까 그전에 해야 할 일이 많아요."

"아, 관광 가세요? 어디로 가시는데요?"

"서울로 가요."

갑자기 뒤통수를 맞은 기분이 들었다. 내가 도피처로 생각하고 떠나온 그곳은 누군가의 일상이었다. 내 일상이 또 누군가에겐 동경의 대상이 되기도 한다. 서로의 일상이 도피처가 되고 동경이 되는 돌고 도는 인생이다. 참 신기하고 재미있다.

보이는 데까지 가면

동행도 없는 초행길에서 길을 잃으면 당황스럽다. 수중에 가진 것도 없고 설상가상 날까지 어두워지면 두려움에 휩싸이기 시작한다.

요즘 부쩍 길을 잃고 힘들어 털썩 주저앉은 사람을 많이 본다.

인생은 누구에게나 초행길이다. 저 앞에 무엇이 있는지 도무지 보이지 않는다. 그러나 가만히 살펴보면 어렴풋이 누군가가 남겨놓은 발자국들이 보인다.

로버트 프로스트는 시 '가지 않은 길'에서 말한다.

'오랜 세월이 지난 후 어디에선가
나는 한숨지으며 이야기할 것입니다
숲 속에 두 갈래 길이 있었고, 나는
사람들이 적게 간 길을 택했다고
그리고 그것이 내 모든 것을 바꾸어놓았다고'

정답이 있겠는가. 단지 조심스레 한 발 한 발 내딛는 수밖에 말이다.

단풍 든 숲 속의 두 갈래 길에서 프로스트는 사람들이 적게 간 길을

택했지만 사람마다 내딛는 발자국은 다 다르다.

그래도 확실한 것은, 저 멀리 길은 안 보여도 보이는 데까지 걸어가면 또 앞이 조금 보일 것이다. 얼마나 다행인지 모른다.

아프지 않은 사람이 어디 있을까.
누구나 속을 들여다보면 생채기투성이다.
진짜 강한 사람은
아픔이 없는 사람이 아니라
아픔을 잘 극복하는 사람이다.
상처를 흉터가 되지 않도록
잘 치유하는 사람이다.

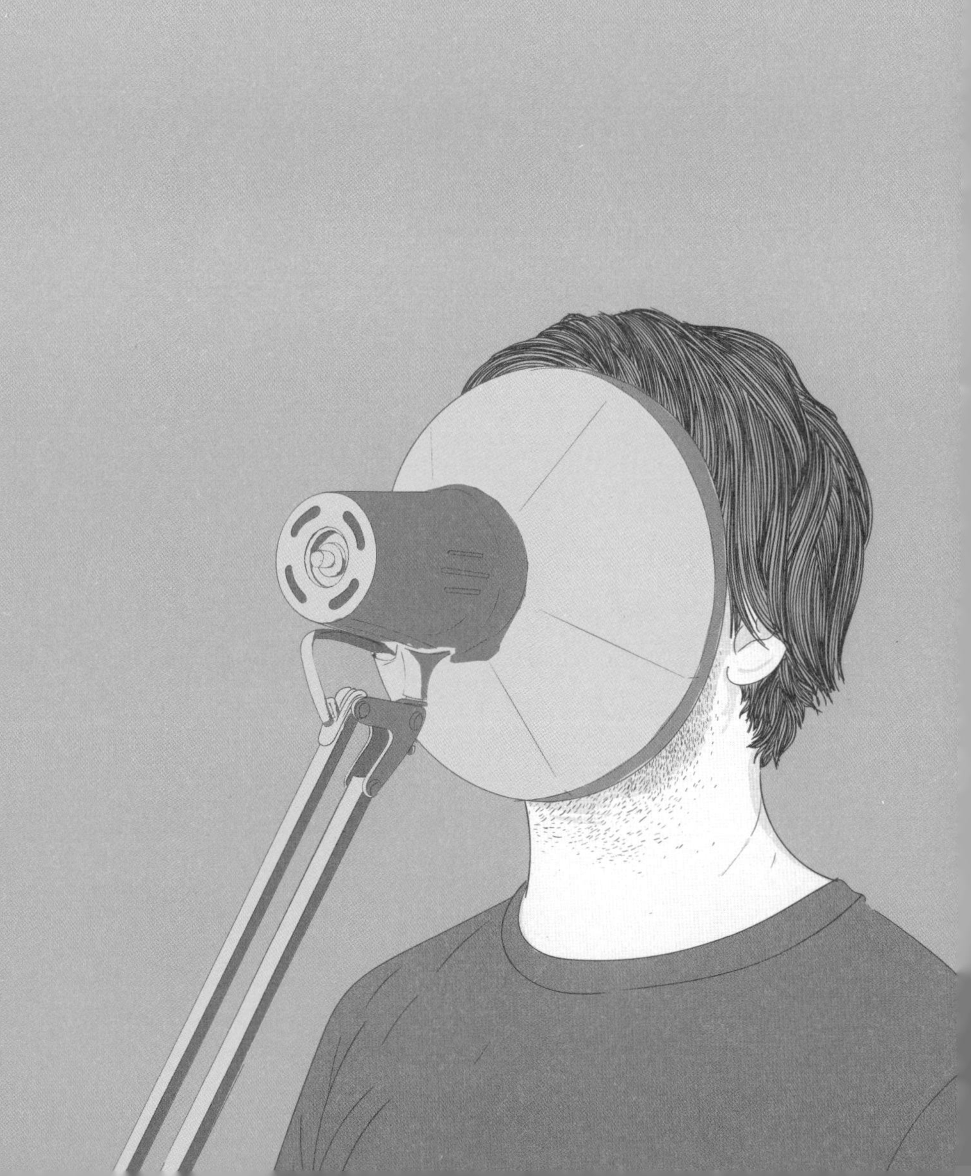

그래서 모닝커피가 좋다

행복한 사람들의 표정은 비슷하지만, 고통을 겪고 있는 사람들의 표정은 제각각이라는 말이 있다. 그래서 바로 옆에서 고통 중에 신음하고 있어도 알아채지 못할 때가 많다.

그래서일까. 행복보다는 타인의 고통에 공감할 수 있을 때, 나와 비슷한 아픔을 겪는 사람들을 볼 때 더욱 깊은 친밀감을 느끼곤 한다.

누구에게나 인생은 소란스럽고 일이 많다. 고통스런 나날도 있고 외로움에 치를 떠는 밤을 보내는 날도 있다. 그러나 시간이 흐르면 어느새 동이 터온다. 참고 버티면 웃으며 이야기할 날이 온다.

밤새 뒤척이며 외로움과 싸운 사람에게도, 희망 가득한 하루가 기대되는 사람에게도 매일 새로운 하루가 선물로 주어진다.

그래서 모닝커피가 좋다.

밤새 뒤숭숭했던 마음을 진한 향에 묻어 삼켜버릴 수도 있고, 좋은 일이 기대될 때는 그윽한 향기로 마음을 예열할 수 있기 때문이다.

모닝커피를 한 모금 마실 때마다 드는 생각이 있다.

'오늘도 감사한 하루가 선물로 주어졌구나.'

자아를 찾아가는 사람들

아침저녁으로 바람이 제법 선선한 초가을이었다. 저녁 7시쯤 되었을까. 단골 카페에서 한참 원고 작업을 하다 고개를 들었다. 맞은편 자리에 서른 정도의 직장인으로 보이는 여성이 앉아서 울고 있었다. 앞에 놓인 커피는 손도 대지 않았다.

회사에서 안 좋은 일이 있었는지, 연인과 헤어졌는지, 아니면 무슨 일이 있었는지 알 길이 없었지만 왠지 모르게 나는 덩달아 마음이 아팠다.

원고 작업이 마무리되지 않았지만 앞에 앉은 내가 신경 쓰일까 봐, 그리고 우는 모습을 보니 나도 심란해져서 노트북을 들고 밖으로 나와 조금 일찍 땅바닥에 떨어진 낙엽들을 발로 툭툭 건드리며 한참을 걸었다.

이유 없이 눈물이 나는 날이 있다. 철학자는 아니지만 느닷없이 '나는 누구일까', '나는 어디로 가고 있는 것일까'라는 생각이 들기도 한다. 그리고 원인 모를 슬픔에 빠지기도 한다. 세상 모든 사람이 다 내게서 등을 돌린 느낌이 들기도 한다.

많은 저서를 통해 나를 돌아보게 만드는 정신분석학자 칼 융은 '당신은 아프니 치료가 필요하다'고 하지 않는다. 대신 '당신을 아프게 하는 것은 무의식에 있다'고 한다.

사람들은 모두 상처를 안고 산다. 우리를 힘들게 하고 불면에 빠지게 하는 것은 외부에서 침입한 어떤 자극이 아니라 '난 이것을 이겨낼 수 없을 거야'라고 약해지는 우리의 마음이다.

주위를 둘러보면 각종 트라우마로 고통받는 사람들, 콤플렉스와 노이로제에 휩싸인 사람들, 우울증과 강박 증세에 사로잡혀 잠을 이루지 못하는 사람들이 많다. 외부의 자극에 너무 익숙해져 있고, 자신의 내면과 대화하는 방법을 잃어버렸기 때문이다. 자신의 기분이 어떤지조차 인터넷에 물어볼 정도로 자신에 대한 확신이 희미하다. 그러나 이를 이겨낼 수 있는 것은 진정한 '자아' 찾기다.

아버지도 포기할 정도, 정신병과 간질을 의심받을 정도로 비정상적인 어린 시절을 보낸 칼 융은 그런 어려움을 스스로 극복해냈다. 바로 자연을 친구로 삼고 고독과 친해지면서 무의식 속의 자아와 만나는 법을 배웠기 때문이다. 그리고 스스로 치유됨을 경험했다.

사람들은 내면의 나와 만나려고 여러 방법으로 애쓰며 투쟁한다. 여행을 떠나기도 하고 음악이나 미술 등 예술을 통해 도움을 얻기도 한다. 최근에는 '자존감'에 대한 관심이 늘면서 스스로 자아를 찾고 자존감을 회복하고자 하는 움직임이 많아져 매우 반갑다.

가을 냄새가 더욱 깊어진 어느 저녁, 나는 그 여성을 또 봤다. 그녀는 같은 자리에 앉아 귀에 이어폰을 꽂고 책을 읽으며 하얀 잔에 담긴 커피를 두 손으로 받친 채 정말 맛있게 마시고 있었다. 얼굴에는 옅게 미소가 퍼져 있었다. 꽃에 비유하는 일은 조금 오글거리는 일이지만 가을날에 잘 어울리는 노란 국화 같았다.

묻고 싶었다. 어떤 내면의 아픔을 겪었는지, 어떻게 극복했는지…….

누구나 내면과의 투쟁은 사는 동안 계속될 것이다. 그러니 스스로 치유하는 법을 깨달아야 한다. 생각해보니 나에게는 향기로운 커피를 마시면서 생각하고 글을 쓰는 시간이 치유이며 자아를 찾는 가장 좋은 방법인 것 같다. 잠시도 주위에 누가 없으면 외로워하고 못 견디던 내가 '혼자 놓임'을 통해 무의식을 극복하고 자아를 찾아가고 있음을 느낀다.

매일 이별하며 살고 있구나

몇 해 전 뉴스를 보다가 한순간 심장이 멎는 느낌이 들었다. 어느 야외 광장에서 공연을 보던 사람들이 한데 몰려 추락해 여럿이 사망했다는 뉴스인데, 사망자 명단에 전 회사 입사 동기의 이름이 보였기 때문이다. 나는 바로 여기저기 전화를 걸었다. 동명이인이기를 바랐지만 안타깝게도 내 동기가 맞았다.

그 친구의 장례식장에 전국에 뿔뿔이 흩어져 있던 동기들이 모였다. 같은 회사에서 근무하면서도 지방에 가 있느라 10년 넘게 못 본 동기들도 있었다. 오랜만에 만나 저마다 먼저 간 친구와의 추억을 끄집어냈다. 모두 다른 기억들이었지만 공통분모에는 그 친구가 있었다. 그런데 지방에서 올라온 한 친구가 말했다.

"우리 신입 사원 때 정말 재미있었는데…… 우리가 앞으로 몇 번 더 볼 수 있을까? 십 년마다 한 번씩 본다고 해봐. 사십 년 더 살면 네 번, 삼십 년이라면 세 번, 이십 년이라면 두 번……."

한참 동안 아무도 말을 하지 않았다. 애꿎은 술잔만 말없이 비우거나 허공을 끔벅끔벅 쳐다보며 새 나오는 눈물을 다시 안구 속으로 집어넣으려 하고 있었다.

사회 초년병 시절을 함께한 친구를 안타까운 마음으로 보내는 자리, 서로의 기억을 통해 공통분모였던 그 친구를 소환하고는 각자의 삶 속으로 돌아가는 자리, 적어도 1년에 한 번은 만나자 다짐하고 돌아서는 그 자리에는 계속 흐느끼는 그 친구의 아내와 아직 상황을 제대로 알지 못하는 어린 딸만 남아 빈소를 지키고 있었다.

우연히 TV에서 은퇴 후 손수 캠핑카를 제작해 10년 넘게 아내와 함께 전국을 여행하는 어느 남성의 이야기를 보았다. 그는 일흔을 바라보는 나이라고 했는데 자신이 다닌 곳을 지도에 다 표시하고 있었다. "이래야 내가 어디어디 갔었는지 기억하죠. 그런데 너무 안타까운 것이 뭔지 알아요? 매일매일 전국 방방곡곡을 다녀도 죽을 때까지 다 가보지 못한다는 사실이에요. 우리나라 정말 좋은 곳 많아요. 내가 조금만 먼저 알았어도 내 인생이 많이 바뀌었을 텐데…… 저 노을이 내게는 갈수록 더 소중해지네요. 앞으로 몇 번을 더 볼 수 있을지 모르잖아요."

카메라는 해지는 바다의 노을을 바라보는 남성의 뒷모습을 비추고 있었다. 다른 때 같으면 세상을 붉게 물들여가는 노을이 아름답게 보였겠지만, 왠지 서글픔과 회한이 담긴 듯 느껴져 TV를 통해 노을을 지켜보는 내 마음도 묵직해졌다. "해가 진다는 건 지구 어딘가는 해

가 뜨고 있다는 뜻이야"라는 말도 별 위로가 되지 못했다.

정여울 작가는 에세이《그림자 여행》에서 이렇게 황혼을 노래한다.
'문득 내가 황혼을 지키는 것이 아니라 황혼이 나를 지켜주는 포근한 안도감이 밀려왔다. 매일 짬을 내어 해가 뜨고 지는 모습을 가만히 바라보기만 해도 내가 앓고 있는 슬픔의 태반은 저절로 치유될 것만 같았다.'

그런 아름다움을 지켜볼 날이 갈수록 줄어들고 있으니 더 안타까운 것이다. 매일 오늘과 이별하고 있으니 말이다.

학창 시절, 그리고 사회에서 만난 친구들을 모두 합치면 그 수가 꽤 많다. 그들을 적어도 몇 년에 한 번씩만 만나려고 해도 거의 매일 약속을 잡아야 할 것이다. 이미 학창 시절의 빛바랜 사진을 들여다보면 절반 이상은 누구인지 기억도 나지 않는다. 나도 그들의 기억 속에서 잊히고 있겠지…….

우리는 모두 김광석이 노래한 '서른 즈음에'처럼 매일 이별하며 살고 있다. 내 소중한 사람들과도, 내 찬란했던 젊은 날들과도, 지금 이 순간과도 말이다. '서른 즈음에'는 정작 서른일 때보다 마흔일 때 더 절절하게 다가왔다.

캠핑카에 앉아 황혼을 바라보던 남성의 말이 마음에 묵직하게 가라앉는다.

"세월을 막을 수 있나요? 아무리 잡으려 노력해도 저 예쁜 노을은 곧 사라지고 금방 깜깜한 밤이 찾아오죠. 그래도 저 노을을 바라볼 수 있는 지금 이 순간을 감사하며 사는 수밖에……."

그래도 내 편이 있다

"요즘 먹고살기 힘들죠? 택시도 점점 힘드네요. 갈수록 손님도 없고……."

모임에 참석했다가 시간이 늦어져 택시를 타고 귀가하는 중이었다. 인자해 보이는 택시 기사와 대화를 나누게 되었다.

한 시간만 운전해도 끊어질 듯 허리가 아픈 나는 하루 12시간 이상 운전을 한다는 것은 상상조차 하기 어렵다. 내가 보기에 택시 운전은 그야말로 극한 직업이다.

"전보다 돈을 조금 덜 버는 것은 괜찮아요. 그런데 가장 힘든 것이 뭔지 알아요?"

"오래 앉아 있어야 하니 몸도 힘들고, 종일 신경을 곤두세워야 하고, 그러면서 수입도 줄어들고, 그런 것이 힘드실 것 같은데요?"

"물론 그것도 힘들지요. 그런데 가장 힘든 것은 외로움이에요."

"외로움이요? 도로에 차가 저렇게 많은데요? 게다가 택시도 많잖아요."

"저 많은 차가 도로 위에만 올라가면 동료가 아니라 경쟁자가 되지요. 특히 택시는 더해요. 서울만 해도 오만 대가 넘는 택시가 운행하고 있는데 서로 먼저 손님을 태우고 누구보다 빨리 목적지에 가야 하니 동료가 아니라 모두 경쟁자, 아니 사실 적이나 마찬가지예요."

생각해보니 정말 그랬다. 식사를 위해 기사식당에서 동료들을 만나 반갑게 인사를 해도 식사를 마치고 문을 나서는 순간 고객을 먼저 태워야 하는 경쟁자가 되는 것이다.

외로움 때문일까? 생각해보니 거의 모든 택시에는 가족사진이 있다. 대부분의 택시 기사는 연배가 많아서 거의 자녀들과 손자, 손녀 사진이다. 그들은 수시로 가족사진을 보면서 '나도 내 편이 있다'라는 사실을 되뇌며 위로를 얻는 것이다.

중동에서 오래 근무했던 내 아버지도 가족사진을 침상에 늘 붙여놓았단다. 나도 군대 시절 가족사진을 내 관물대 한가운데에 붙여놓았었다.

'내 편'이 있다는 생각은 힘든 세상을 살아가게 만드는 비타민이자 강장제이다.

거절당한다는 것

말과 행동이 일치하는 사람이 많지 않아서일까. '나도 저렇게 살고 싶다'라는 생각이 드는 사람을 만나는 일은 참 드물다. 그런데 전 직장에서 내 인생의 롤모델로 삼고 싶은 분을 옆에서 모신 적이 있다.

건설 회사에 다니다가 보험업에 투신해서 유명한 글로벌 보험 회사의 한국 지사장까지 지낸 분이다. 그분과 대화를 나누면 머리가 맑아지는 느낌이 들었다. 최고의 비즈니스맨이지만 개인적인 대화를 나누다 보면 머리가 희끗희끗한 그분 속에는 소년이 살고 있는 것처럼 느껴졌다. 한 권의 책을 읽은 듯한 느낌이랄까.

무엇보다 인상적이었던 점은 그분은 말과 행동이 다르지 않다는 것이었다. 말과 행동이 서로 다른 목적지를 찾아 부유하는 것이 이상하지 않은 현실이어서 그런지 내겐 참 감동적인 면이었다. 평생 살아온 이야기를 들을 때마다 감동이었지만 유독 한 이야기가 마음을 흔들었다.

그분이 처음 보험업에 발을 들여놓았을 때였단다. 한참을 교육받은 후 실제 업무에 투입되었는데, 첫 타깃 고객은 가장 친한 친구였다.

친구를 만나 상품을 설명하려는데 그 친구가 말을 막으면서 그러더라는 것이다.

"그냥 밥이나 먹고 가."

친구와 만나고 내려오는 엘리베이터에서 눈물이 나더란다. 눈물이 닭똥처럼 펑펑 흘러내리더란다. 창피하기도 하고 배신감도 느껴지고 뭔지 모를 복잡한 마음에 수치스러워 견딜 수가 없더란다. 그리고 두 손을 불끈 쥐었단다.

한참의 시간이 흘러 그분은 자신에게 수모를 준 그 친구보다 연봉이 열 배는 넘을 정도로 성공했다. 그런데 그분의 멘트가 걸작이었다.

"사실 난 그 친구에게 감사하게 생각해. 만일 그때 두말없이 내게 보험을 들어주었다면 난 아마 이 일을 쉽게 여겼을 거야. 그랬다면 지금의 나도 없었겠지. 그때 엘리베이터에서 울면서 한 결심 덕분에 그동안의 일들을 견디고 이루어낼 수 있었다네."

그전까지 남에게 아쉬운 소리 한번 하지 않고 살아왔기에 거절당하는 일은 좀처럼 익숙해지지 않았다고 한다. 그러나 거절당하는 일이 익숙해지자 일이 수월해졌다는 것이다.

"거절당하는 일에 익숙해지자 상대방을 이해할 수 있게 되더군. 알고 보면 그들도 모두 살기 위해서 발버둥 치느라 그런 거지. 누구나 사는 것이 전쟁처럼 쉽지 않아 그런 거 아니겠는가."

거절당하는 일이 기분 좋은 사람은 없을 것이다. 그러나 살다 보면 거절당할 줄 알면서 부탁을 해야 하는 경우가 있다. 상대방이 별로 친하지 않은 경우는 그나마 괜찮다. 최악의 경우는 상대방이 나를 좋아하지 않는 것을 알면서 말을 꺼내야 하는 경우다. 그런 경우 자존감은 바닥에 떨어지며 발가벗겨진 채로 온몸을 채찍에 맞는 듯한 수모와 고통을 느끼게 된다. 그러나 그런 일에, 그런 감정에 익숙해지면 상대방을 이해하게 된다는 것이다. 우리가 잘 아는 성공한 사람 대부분은 이런 내면의 아픔을 겪고 이겨낸 이들이다.

나의 경우도 경력직으로 지원한 이력서를 퇴짜 맞고, 어렵사리 부탁하는 일을 묵살당하며, 출판사에 조심스레 의뢰한 원고를 반려당하는 일을 수차례 겪다 보니 처음에 느꼈던 수치심은 조금씩 덜해지고 덤덤해짐을 경험했다. 그러면서 또 세상을 보는 눈이 한 뼘 자라나는 것을 느낀다.

충분히 나를 도와줄 수 있을 것 같은데 모른 체하는 사람의 무심함에 실망하고, 잘 아는 출판사 편집장의 싸늘한 태도에 분노가 치밀어도 이제는 커피 한잔 마시고 속으로 삭일 수 있게 된 것 같다. '어떻게 나한테 그럴 수 있어'라는 생각을 조금씩 내려놓게 된다. 그럴 수 있다. 그들도 다 열심히 사느라 그런 것이니까.

거울 앞에서

변화무쌍한 가을 하늘을 올려다본다.
방금 전 예쁜 뭉게구름이었는데
언제 심술궂은 바람이 저리 흩어
새털구름이 되었을까.
바람이 언제 또 내 속에 들어와
마음을 이리 흩어놓았을까.

뻥 뚫린 마음 사이로
휘파람소리를 내며 지나간
그 바람이 한 일일까.

모두가 내게서 등을 돌린 것 같은 날이 있다.
마음에 큰 구멍이 뚫려 바람이
휘파람 소릴 내며 지나가는 날이 있다.
마음에도 골다공증이 걸린 것 같은 날이 있다.

새는 울어도 아무도 모르니 얼마나 좋을까.
물고기는 아무리 눈물 흘려도 티가 안 나니 얼마나 좋을까.
눈물이라도 펑펑 흘리면 좀 시원해질까.

그러나 쉰 줄 바라보는 아재의 눈물은 아무 짝에도 쓸모가 없다.
괜스레 가족들 마음만 철렁하게 할 뿐.
주책스레 눈물이 주룩 흘러내릴까 봐
슬픈 영화는 포스터도 제대로 쳐다보지 못하는 요즘…….

그래도 날 보고 웃어주는 존재가 있다.
식구들이 모두 잠든 늦은 귀갓길, 옷매무새를 단정히 하고
머리도 한번 만지고 그 앞에 선다.

거울 앞에서…….

별이 빛나는 밤

역사상 가장 위대한 화가 중 한 명인 고흐의 작품들 중에서도 가장 사랑받는 것이 아마 〈별이 빛나는 밤〉일 것이다. 이 작품은 시간이 지날수록 많은 사람에게 깊은 감동과 영감을 가져다준다.

고흐는 고갱과 다툰 뒤 자신의 귀를 자른다. 이 사건 후 그는 생레미 요양원에 들어간다. 말하자면 지금의 정신병원과 비슷한 곳이다. 그는 수많은 날을 해가 뜨기 한참 전 매일 같은 시각에 창문을 통해 마을을 내다보고 이 그림을 그렸다. 당시 그의 예술가적 고뇌와 인생에 대한 깊은 회한은 그가 동생 테오에게 보낸 편지들에 잘 나타나 있다. 100여 명의 화가가 직접 수작업으로 제작한 애니메이션 영화 〈러빙 빈센트〉에도 작품을 향한 그의 열정이 잘 드러난다. 나는 영화가 끝나고도 감동을 삭이지 못해 상영 시간 내내 고흐의 명작을 가득 채웠던 불 꺼진 스크린을 한참 보고 앉아 있었다. 물감 살 돈도 없이 힘들게 살다 30대의 나이로 세상을 뜬 천재 예술가를 세상이 조금 더 일찍 알아봐줬으면 우리는 훨씬 더 많은 그의 명작을 감상할 수 있었지 않을까.

화가이든 작곡가이든 혹은 발레리나이든 배우이든 훌륭한 예술가들의 작품은 시대를 초월해 많은 사람에게 깊은 감명을 준다. 뛰어난 재능과 더불어 그들이 작품에 들인 노력으로 탄생한 걸작들을 지금 우리는 너무도 손쉽게 감상할 수 있다. 우리는 그들이 남긴 작품들을 통해 별다른 노력 없이 큰 감동을 얻어가지만, 그 위대한 예술가들이 쏟은 피와 땀과 고뇌가 어떠했을지 감히 상상도 하지 못한다.

위대한 예술가들의 인생과 작품들을 보면서 '저렇게 위대한 사람들도 많은데 나는 왜 이리 평범한 것일까'라는 생각이 들기도 하지만, 어떤 면으로는 내가 원할 때 얼마간의 금액을 지불하면 얼마든지 그들의 작품을 감상할 수 있는 지금 내 삶이 더 행복한 것이 아닐까, 라는 생각이 든다.

지금은 작품 한 점에 수천 억 원을 호가하지만 정작 8년간 밤낮으로 800여 점의 그림을 그린 고흐가 살아생전 판매한 그림은 단 한 점뿐이었다. 그것도 아주 싼값에…….

지금도 하늘에는 별들이 아름답게 반짝인다. 저 별들이 고흐에게는 어떤 의미였을까…….

외로움과 그리움

슬플 때는 기뻤을 때를 생각하고, 배가 고프면 맛있는 음식을 먹는 상상을 한다. 반대의 경우를 생각하면 조금은 더 잘 참을 수 있기 때문이다. 잠시 잠깐 우리의 뇌를 속일 수 있다. 그런데 외로운 감정은 어찌할 수가 없다.

'외로움'은 반대말이 없다고 한다. 그래서 외로움이 몰려오면 고스란히 당해야 하는 것인지 모르겠다. 그래서일까, 지독했던 여름 더위가 한풀 꺾이면서부터 이런 감정에 더 많이 휘둘리는 가을이 오기도 전에 벌써 외로움이라는 감정에 휘둘릴까 봐 걱정이 되는가 보다.

그런데 외로움보다 더 마음 아픈 단어가 있다. '그리움'이다. 그립다는 것은 만나고 싶은 누군가를 만나지 못한다는 의미이기 때문이다.

한 SNS 친구 중에 이제 갓 스무 살 넘은 여학생이 그립다는 단어를 시처럼 적으면서 가장 마지막에 '엄마'라고 적은 것을 봤다.

얼마 전에 암 투병 중이라고 안타까워했기에 내 마음이 철렁 내려앉았다.

그리고 이후 그 친구를 SNS에서 볼 수 없었다.

얼마나 그리울까, 얼마나 보고 싶을까, 누가 그 마음을 어루만져줄 수 있을까.

정말 외로움이나 그리움 같은 단어는 이 세상에서 사라져버렸으면 좋겠다.

아니, 어쩌면 그런 단어들이 있어 표현이라도 할 수 있으니 감사해야 하는 것일까.

인생의 봄을 보내버린 것은 아닐까?

길고도 추운 겨울의 끝자락, 아련히 봄의 기운이 느껴지는 어느 토요일이었다. 아직 날씨는 추웠고 바람은 싸늘했지만 마음속 어딘가가 간질간질한 것이 분명 봄이 코앞에 와 있는 모양이었다. 겨울이 지나 봄이 오는 것은 시간이 지나서가 아니라 봄을 간절히 기다리는 사람들의 마음 때문이라는 말이 떠올랐다.

혹시 봄의 소식을 발견할 수 있을까 하여 집 앞 공원을 거니는데 희끗희끗 꽃봉오리들이 수줍게 모습을 드러내고 있었다. 새색시 같은 그 모습이 너무 예뻐 한참 들여다보았다.

그런데 한 노신사가 나처럼 아직 피지 않은, 곧 필 것 같은 꽃망울을 들여다보며 사진을 찍고 있었다.

"어르신. 아직 꽃이 피지도 않았는데 벌써 사진을 찍으세요? 금방 꽃이 피면 그때 더 예쁜 사진을 찍으실 수 있을 텐데요."

"긴 겨울을 버텨내고 이렇게 빼꼼 얼굴을 내미는 폼이 얼마나 예쁜지 모르겠어요. 정말 봄이 오려나 봐요. 막상 봄이 오기 전 모습을 눈에 더 담아두려고 나왔지요. 봄은 봄 정취와 꽃향기에 파묻혀 지내는 동안 금방 가버리거든요. 내가 봄을 앞으로 몇 번이나 더 볼 수 있을지 모르니까 봄이 오는 게 얼마나 아까운지 모르겠어요."

나도 다시 고개를 숙여 여기저기 맺힌 꽃봉오리들을 눈으로 쓰다듬었다. 활짝 필 꽃의 모습을 상상해봤다.

나는 이 봄을 앞으로 몇 번 더 볼 수 있을까. 그 노신사처럼 두 손으로 셀 수 있을 정도가 되면 내게 봄은 어떤 의미일까. 어쩌면 나는 정신없이 사는 동안 인생의 봄을 보내버린 것은 아닐까.

누군가 내 도움이 필요했던 것은 아닐까?

"작가님. 제가 요즘 오춘기인가 봐요. 느닷없이 외로움이 밀려오곤 한다니까요."

누구보다 행복해 보이고 심지어 부럽기까지 한 어떤 분이 내게 이런 말을 걸어왔다. 겉보기에 아무리 행복해 보여도 누구나 외로움을 느끼는 모양이다.

온갖 상념에 빠져 잠 못 이루는 밤이 있다. 잠을 이루려 발버둥 칠수록 정신이 더 또렷해진다. 느닷없이 들이닥치는 외로움과 불안감에 휩싸여 곧 모든 게 끝날 것 같다. 이런 감정에 휩싸이면 평소 행복감에 젖게 했던 가족들의 새근새근 숨소리마저 혼자만 깨어 있는 나를 외로운 존재로 만든다.

이런 날은 베란다 창문을 열면 누군가 내가 좋아하는 커피를 한 잔 들고 찾아와 서 있으면 좋겠다.

그런데 문득 드는 생각이 있다.

'혹시 간밤에 누군가 내 도움이 필요했던 것은 아니었을까?'

'내가 누군가를 외로움에서 건져줄 바로 그 사람이었던 것은 아닐까?'

거의 다 왔어

"여기 옛날에 버스 사고 나서 걸어서 갔던 곳 아니에요?"
"기억나니? 너 아주 어렸을 때였는데……."

내가 지금 내 아들보다 어렸을 적에 아버지와 함께 시골 큰댁에 갈 때였다. 지금은 차로 한 시간이면 되는 길을 당시에는 마장동 버스터미널에서 시외버스를 타고 비포장도로를 서너 시간 이상 가야 했다. 도로 상태가 얼마나 엉망이었는지 버스가 큰 돌이라도 밟으면 가만히 앉아 있다가 튀어 올라서 버스 천정에 머리를 부딪힐 정도였다.

한번은 우리가 탄 버스가 논두렁에 처박혀 남은 길은 걸어서 가야 했다. 대체 버스가 오려면 몇 시간을 기다려야 한다고 했다. 당시 나는 한참을 아버지 등에 업혀 갔던 기억이 난다. 오랜만에 고향에 가시는 터라 나를 업은 아버지의 양손에는 선물이며 옷가방이며 이것저것 짐이 많았을 것이다.

얼마나 갔을까, 이제 저 작은 산 하나만 넘으면 큰댁이라는 말에 아버지 등에서 내려 걷기 시작했다. 높지 않은 야산이라도 도시에서만 자란 어린 꼬맹이에게는 에베레스트보다 높고 험하게 느껴졌을 것이다.

"아빠, 아직 멀었어?"

"다 왔어. 이제 조금만 더 가면 돼."

"아까도 그랬잖아. 다 왔다고, 조금만 더 가면 된다고."

"진짜 조금만 더 가면 돼. 조금만 더 힘내자."

나는 아버지의 말이 거짓말인 줄 눈치챘지만 사실이기를 간절히 바라며 걷고 또 걸었다.

언젠가 이 기억을 아버지께 풀어놓았더니 어릴 때 일을 기억하고 있느냐며 신기해하셨다.

"그때 아버지는 힘들지 않으셨어요?"

"힘들었지. 무려 십 리는 넘게 걸었으니까. 그런데 계속 걷는 일밖에 방법이 없었잖아. 그래도 걷다 보면 집이 나오니까."

그때 걷다가 목이 말라 아버지와 함께 근처 밭에서 따 먹었던 수박 맛도 잊을 수가 없다. 삶이 팍팍해서 힘이 들 때면 지금도 그때 일이 문득문득 생각난다. 그리고 지금도 내게 이런 말을 해주는 사람이 있으면 좋겠다는 생각이 들곤 한다.

"거의 다 왔어. 조금만 더 힘내자."

오늘은 나에게, 내일은 너에게

'호디에 미기, 크라스 티비Hodie mihi, cras tibi
오늘은 나에게, 내일은 너에게.'

한동일 작가의 흥미로운 에세이《라틴어 수업》에 나오는 내용이다. 로마의 공동묘지 입구에 새겨진 문장이라 한다. 이런 뜻이다.

'오늘은 내가 관이 되어 들어왔으나, 내일은 당신이 관이 되어 들어올 것이니 타인의 죽음을 통해 자신의 죽음을 생각하라.'

참으로 무릎을 탁 칠 정도로 기막힌 문구 아닌가.

갈수록 장례식에 참석할 일이 많아지는 요즘, 장례식장의 영정사진을 보면 그냥 지나치기 어렵다. 하루하루 살아갈수록 우리가 그 프레임의 주인공이 될 날을 향해 가는 것이기 때문이다. 사진을 한참 들여다보며 사진 속 고인의 인생은 어땠을까 생각해보곤 한다.

청소년 때에는 '입시'를 향해 달려가고, 청년의 때에는 '취업'을 향해 달려간다. 30~40대에는 '성공'이라는 녀석을 향해 자신을 돌볼 겨를 없이 달려가다가 문득 50대 중반을 넘으며 퇴직 시기를 맞는다.

이것도 매 고비를 훌륭히 잘 넘긴 경우이다. 실제로는 이런 과정을 거치지 못하는 경우가 더 많은 것 같다.

퇴직이라고는 하나 이때는 평균수명으로 생각해볼 때 앞으로도 수십 년을 더 살아가야 하는 현실이니, '건강'이라는 가치가 소중하게 다가온다. 그러나 입시와 취업, 성공을 추구하는 동안 건강은 많이 망가져 있을 것이다. 몸의 건강은 물론이고 마음의 건강도 마찬가지겠다.

'오늘은 나에게, 내일은 너에게'라는 문구가, '너도 언젠가 죽을 테니 각오해'라는 의미는 아닐 것이다. 죽음은 언젠가 모두에게 찾아오니 사는 동안 미련 없이 후회 없이 열심히 살아내라는 의미 아니겠는가.

정신없이 하루하루 살아내다가도 '죽음'이라는 단어를 생각하면 다시 한 번 옷깃을 여미고 삶에 대한 내 자세를 돌아보게 된다. 언젠간 나도 그 프레임 속의 주인공이 될 것이기에!

신호등 앞에서

신호등이라는 녀석은 참 대단한 힘을 지녔다. 허리가 부실한 나를 뛰게 만들기 때문이다.

약속 시간에 늦어 서둘러 가는데 신호등에 딱 걸리는 날이 있다. 아무리 바쁘고 급해도 신호등 앞에서 얌전히 기다릴 수 있는 것은 곧 신호가 바뀔 것을 알기 때문이다. 아무리 힘든 군생활도 전역일이 정해져 있으니 견딜 수 있다. 태풍 앞에서 납작 엎드릴 수 있는 이유도 곧 지나갈 것을 알기 때문이다.

바쁘고 분주한 하루하루를 살아내지만 마음속엔 늘 불안과 고통이 자리 잡고 있음을 느낀다. 그러나 불안하고 고통스럽다는 것은 살아 있다는 또 다른 신호 아니겠는가. 죽은 자는 불안과 고통을 느끼지 못하니 말이다.

잠시 멈춰 선 동안 내 안의 가장 깊은 곳에서부터 나오는 큰 심호흡과 함께 기대감과 설레는 마음으로 기다릴 수 있으면 훨씬 좋지 않겠는가.

불안과 고통으로 겪는 어려움의 원인은 외부에서 오기도 하지만 우리 스스로가 뿌린 씨앗들 때문인 경우도 많다. 문제는 대부분 이 사실을 너무 늦게 깨닫는다는 것이다.

이상하게 신호등에 많이 걸린 날, 조금 천천히 가라고, 조금 쉬어 가라고 미래의 내가 말을 걸어오고 있는 것은 아닐까.

내가 돈이 없게 생겼나 봐요

나이가 들어도 감정의 기복은 줄어들지 않는다. 오히려 더 심할 때가 많아서 감정에 지배되고 있는 건 아닐까 걱정될 때도 있다.

우리 동네 지하철역 사거리에는 늘 전단지를 나눠주는 이들이 있다. 기분이 좋을 때는 '하나라도 빨리 전단지를 나눠줘야 이들 일이 끝나고 집에 갈 수 있으니까'라는 생각에 남는 손이 없어도 나눠주는 전단지를 받아 든다. 그러나 기분이 나쁠 때는 '나 지금 상태 안 좋으니까 건드리지 말라구' 하는 표정으로 전단지 내미는 손을 그냥 쌩 지나친다.

기대하지 않았던 일이 잘 풀려 기분이 아주 좋았던 어느 날 이 사거리를 지나게 되었다. 나는 가방을 들고 있어서 손이 부족했지만 나눠주는 모든 전단지를 다 받아주려는 마음이었다.

역시 전단지를 나눠주는 아주머니가 있었다. 그런데 다른 사람들은 다 나눠주면서 나에게는 전단지를 내밀지 않았다. 신호등에 서서 옆 사람이 들고 있는 전단지를 흘낏 쳐다봤더니 아파트 신규 분양 광고 전단지였다.

내가 아파트 살 돈이 없게 생긴 모양이다. 갑자기 기분이 또 다운되기 시작했다. 어차피 아파트를 또 살 생각도 없는데……. 10년 전에 산 지금 아파트에 만족하는데……. 까짓 전단지가 뭐라고…….

밥 먹고 가

"형! 지금 어디세요?"

"집에 있는데? 너는 어디니?"

"형네 집 근처에 있어요. 잠깐 이 근처에 왔다가 생각나서 전화해봤어요."

"그래? 그럼 우리 집으로 와."

"아니에요. 쉬고 계실 텐데. 그냥 한번 전화해본 거예요."

"잔말 말고 지금 집으로 와. 알았지?"

10분쯤 지났을까. 토요일이라 아이들과 놀아주느라 집이 한껏 어질러져 있어서 아내와 초스피드로 청소를 끝내자마자 초인종이 울렸다.

힘든 일이 있어 괴로워한다는 이야기를 전해 들었던 후배에게 전화가 왔다. 그렇지 않아도 궁금했던 차였다. 원래 삐쩍 마른 친구였는데 집에 들어서는 후배의 얼굴은 그야말로 며칠 동안 밥 한 끼 먹지 못한 사람처럼 초췌했다. 거의 산송장 같았다. 어떻게 그 몰골로 직장생활을 계속하고 있는지 궁금할 정도였다. 그대로 보내면 무슨 일이 일어날지 모르겠다 싶을 정도였다. 일단 잡아두고 시간을 끌어야겠다고 생각했다. 아내는 식사를 준비했다.

"밥 먹고 가. 우리도 막 준비하는 중이었어."

후배에게는 생각보다 많은 일이 있었다. 원래 안 좋은 일은 한꺼번에 찾아온다고 하지 않는가. 일단 말문이 터지자 내가 물어보지 않아도 술술 풀어놓았다. 나는 그저 들어줄 뿐이었다. 그러다 식사 준비가 다 되었다.

새로 지은 밥을 내놓자 처음에 후배는 제대로 밥을 삼키지 못했다. 젓가락으로 깨작거리며 말을 이어갔다. 속도는 조금 느려도 밥 한 공기를 다 먹었다.

"밥 좀 더 먹어라."

"아니에요. 밥을 제대로 먹어본 게 언제인지 모르겠네요."

"니 얼굴 보니까 그런 것 같다. 다른 건 몰라도 밥은 잘 챙겨먹어. 우리 나이엔 밥심으로 사는 거야."

후배는 디저트로 과일도 함께 먹고 우리 부부와 한참을 대화하다가 돌아갔다. 별다른 내용은 없었다. 다른 사람을 통해 내용을 알고 있었지만 그저 후배의 이야기를 들어주고 따뜻한 커피를 권할 뿐이었다. 그리고 가끔 나와서 우릴 보고 장난치고 자기들 방으로 들어가는 아이들 머리를 쓰다듬어줄 뿐이었다. 그저 토요일의 휴식을 한구석 내줬을 뿐이었다. 후배는 그 후에도 토요일에 몇 번 와서 함께 밥을 먹고 갔다.

큰 아이가 초등학교에 다닐 때니 꽤 오래전 일이다. 그런데 후배는 지금도 나를 보면 이야기한다.
"형! 그때 형네 집에서 먹었던 밥 정말 맛있었어요."

시간이 많이 흘러 잘 생각은 안 나지만 갑자기 찾아왔으니 따로 반찬을 마련할 시간도 없어서 잘 차린 성찬을 내놓진 못했을 텐데 나만 보면 그 이야기를 한다.

"살아오면서 그때가 가장 힘들었어요. 그때 정말 큰 힘을 주셔서 감사해요. 나도 어떻게든 가정을 지켜야겠다고 다짐했어요. 어차피 답은 알고 있었으니까요."

사실 내가 해준 것은 없었다. 그저 집으로 오라 했고, 우리 먹는 대로 따스한 밥 한 끼 함께 나누었을 뿐이다. 그저 이야기를 들어주었을 뿐이다. 그러나 밥 한 끼의 힘은 결코 작은 것이 아니었다.

나도 비슷한 일을 겪었다. 나이가 들면서 전에는 경험하지 못한 어려움을 겪으며 '내가 어른이 되어가는구나'라는 생각을 하게 되는 경우가 있다.

'사람들이 이래서 자기 목숨을 포기하는구나'라는 생각이 들 정도로 괴로웠던 어느 늦은 밤, 친구에게 전화가 왔다. 그때는 모든 것이 귀찮아 전화도 잘 받지 않았는데 이상하게 그 친구의 전화는 받았다.

"잠깐 나올래? 너희 집 앞이야. 너는 술 안 좋아하니까 커피나 한잔 하자. 너 커피 좋아하잖아."

어디서 무슨 이야기를 들었는지는 모르겠지만 무작정 집으로 찾아 온 것이다.

그날 우리가 별다른 이야기를 나눈 것은 아니다. 그저 밤늦게까지 문을 여는 카페에 앉아 커피 한 잔 사이에 놓고 이런저런 이야기를 했을 뿐이다. 자존심 때문이기도 하고, 또 어디서부터 이야기를 풀어야 할지 모르겠어서 나는 쉽게 이야기를 꺼내지도 못했다. 친구도 애써 물어보지 않고 그저 소소한 이야기를 나누다가 일어섰다. 헤어질 때 친구는 악수를 하며 이렇게 말했다.

"우리 같이 힘내자."

나를 보고 힘내라고 하지 않았다. '같이' 힘내자고 했다. '우리'라고 했다. 말은 하지 않았지만 그 친구도 힘든 일을 이겨내고 있는 중이었다. 우리 나이의 가장은 대부분 그런 시기를 겪는가 보다. 그리고 나만 그런 것이 아니라는 사실이 얼마나 위로가 되었는지 모른다.

"그래, 누구나 힘든 시기는 있으니까……."

이 땅에서 성인으로, 어른으로 살아가는 사람은 비슷한 어려움과 고민거리를 안고 산다. 그래서 살아간다는 말보다 살아낸다는 말이 더 애틋한지 모르겠다. 상황이 크게 바뀐 것이 아닌데 동지가 있다는 사실은 적지 않은 힘이 된다. 누군가에게 털어놓을 수 있다는 사실, 누군가도 나와 같은 고민을 하고 있다는 사실이 큰 위안이 된다. "밥 먹고 가", "커피 한잔하자"라는 말이 주는 힘은 그래서 결코 소소하지 않다.

'오늘은 나에게, 내일은 너에게'라는 문구가,
'너도 언젠가 죽을 테니 각오해'라는 의미가 아닐 것이다.
죽음은 언젠가 모두에게 찾아오니 사는 동안
미련 없이 후회 없이 열심히 살아내라는 의미 아니겠는가.

정신없이 하루하루 살아내다가도
'죽음'이라는 단어를 생각하면
다시 한 번 옷깃을 여미고
삶에 대한 내 자세를 돌아보게 된다.
언젠간 나도 그 프레임 속의
주인공이 될 것이기에!

어떻게든 되겠지, 뭐

스무 살의 나는 어두컴컴하고 우중충한 재수생활을 끝낸 대학 신입생이었다. 친구들은 모두 2학년이 되어 있었고 나는 결과적으로 내가 자처한 까닭에 한 살 어린 이들과 친구가 되어야 했다. 심지어 학교를 일찍 들어온 이들도 있어서 두 살 차이 친구와도 친구가 되었다.

스무 살의 나는 나 자신을 잘 알고 있었다. 머리가 별로 좋지 않아서 공부로는 성공하기 어려울 것 같고, 외모도 그저 평범하고 별다른 끼도 없어서 연예계 진출도 불가능했다. 부모님으로부터 물려받을 것이 없는 까닭에 가업을 잇는다든가 부모님 도움으로 장사를 한다는 생각도 가질 수 없었다. 그렇다고 요즘 친구들처럼 아르바이트를 몇 개씩 하며 투쟁하듯 살았던 것도 아니다.

스무 살의 나는 꿈이 없었다. 내 꿈이 무엇인지 물어본 사람도 없었다. 갑자기 영하의 날씨로 떨어진 추운 겨울 날, 집 문을 열고 나설 때 차가운 바깥 공기에 숨이 턱 막히는 것처럼, 나의 스무 살은 날마다 숨이 턱턱 막혔다.

찢기는 가슴 안고 사라졌던 이 땅에 피울음 있다.

부둥킨 두 팔에 솟아나는 하얀 옷에 핏줄기 있다.

아침에 학교에 도착하면 안치환이 부른 '광야에서'라는 노래가 교정을 가득 메웠다. 다른 친구들처럼 데모하는 자리에 앉아서 구호를 외치기도 했다. 그런데 머리 빡빡 깎고 앞에서 구호를 주도하는 학생회장과 학생회 임원들이 시험 때 커닝하는 것을 보고 나는 그들의 들러리가 될 생각을 애초에 접었다. 차라리 시청 앞의 연합시위에 참석하는 것이 낫겠다 생각했다.

하여튼 그 광야와는 다르지만 나도 마치 광야에 홀로 내팽개쳐진 기분이었다. 주위에 아무도 없었고, 붙잡을 만한 것도 보이지 않았다. 가끔씩 내 속에서는 무엇인가 불끈불끈 솟아오르기도 했지만 나는 그것이 무엇인지 몰랐다.

내 스무 살은 그랬다. 그래도 결론은 늘 이랬다.

'어떻게든 되겠지 뭐.'

마치 주문처럼 주어진 상황에 따라 남들 하듯 살면 어떻게든 될 거라고 생각했다. 그래도 그 생각은 체념의 의미가 아니라 보이지 않아도, 잡히지 않아도 상황에 맞게 뭐라도 해보겠다는 각오였다.

투쟁적인 삶은 아니었지만 나름대로 이 나이가 되도록 남들한테 부끄럽지는 않을 정도로 열심히 살았다. 고비 때마다, 그러니까 취업, 결혼, 출산, 이직, 수술 등에 맞닥뜨렸을 때도 나름대로 열심히 대처

하면서 '어떻게든 되겠지 뭐'라는 생각을 하며 버텨냈다.

사노 요코의 에세이를 읽다 보면 나와 참 비슷한 점이 많다고 느낀다. 그녀는 살면서 무엇을 위해 너무 애쓰지도, 그렇다고 철퍼덕 주저앉아 좌절하거나 포기하지도 않았다. '어떻게든 되겠지 뭐' 하며…….

주위 사람들의 죽음도, 이혼도, 그리고 각종 어려움도 담담하게 견디며 살아낸 것 같다. 전후 피폐한 민초의 인생을 몸소 겪은 그녀의 인생에 비교할 바는 아니지만 그녀의 글을 읽자면 '나도 이런 상황이었으면 그렇게 생각했을 것 같다'라는 생각을 많이 했다.

이 글도 사노 요코의 글을 읽다가 쓴다. 그녀는 '너무 애쓰지 말아. 어떻게든 될 거니까. 지금처럼 잘 살면 돼'라고 말하는 것 같다.

나도 삶의 중요한 길목마다 '어떻게든 되겠지 뭐'라는 생각을 하곤 했지만 그것은 포기하거나 체념하는 의미가 아니었다. 그리고 지나고 보면 정말 어떻게든 잘되었음을 깨달으며 스스로 대견해한다.

인생의 중반을 넘어서는 요즘, 정신적으로 육체적으로 그리고 주위 사람들과의 관계에서 과거와는 비교도 안 되는 어려운 일을 많이 겪는다. 그래도 나는 습관처럼 또 잘될 거라며 열심히 일상을 살아간다. 그것이 내가 유일하게 잘하는 것이기 때문이다. 그러나 짧지 않은 인생을 살아온 지금은 나 혼자만 추스르면 될 때와는 조금 다른, 나만의 주문을 외운다.

'어떻게든 잘되게 만들 거야, 늘 그래왔듯이!'

까치 울음소리

'작가님도 수능 볼 때 날씨가 추웠나요?'

한 독자가 물어왔다. 모른다. 난 수능이 아니라 학력고사 세대니까. 그런데 춥기는 엄청 추웠다. 시험일자도 12월이었기 때문에 입시 때는 늘 추웠다. 지금은 '수능한파'라고 하지만 그때는 '입시한파'라고 칭했다.

재수를 하는 어느 날이었다. 정확히 말하자면 재수의 마지막 날이었다. 대입학력고사 전날이었으니까. 재수학원에서 1년 동안 함께 공부한 형, 그러니까 같은 고등학교를 졸업한 삼수생 형이 같이 공부하자며 나를 정독도서관으로 데리고 갔다.

겨울에도 예쁘디예쁜 정독도서관 마당에는 까치들이 깍깍거리며 놀고 있었다.

"난 까치를 보면 좋은 일이 생겨. 사실 오늘 여기 오자고 한 것도 저 까치들 보려고 그런 거야. 고 삼 때 여길 왔으면 벌써 대학 이학년 마치고 군대 갈 준비를 하겠지. 그랬으면 너도 만나지 못했을 테고. 난 어차피 대학에 입학해도 바로 휴학하고 군대 갈 거야."

이 나무 저 나무 옮겨 다니며 노는 까치들을 바라봤다. 사람들에게 희망을 주는 까치들이 참 예뻐 보였다. 그리고 난 저녁에 짐을 싸서 시험을 볼 학교 앞에 잡아놓은 민박집으로 갔다. 거기서 자고 아침 일찍 시험 보러 갈 생각이었다.

집에서 가방을 쌀 때 뭔가 희끗한 천이 보였다. 꺼내 보니 아기 배냇저고리였다. 할머니가 넣어놓았을 것이다. 나는 피식 웃으며 그것을 꺼내서 책상 서랍에 넣고 집을 나섰다.

다음 날, 그러니까 시험 당일 아침이었다. 역시나 몹시 추웠다. 민박집 아주머니가 정성스레 아침밥을 차려주었다. 내가 좋아하는 반찬들이었다. 국은 미역국이었다. 본인이 내어놓은 밥상을 보더니 아주머니는 "어머나, 내가 미쳤나 봐"라며 호들갑을 떨었다. 대입시험을 보는 수험생 밥상에 미역국이라니…….

"내가 정신을 어디다 두고 다니는지 모르겠네, 정말."

아주머니는 미안해서 어쩔 줄을 몰라 했다.

"괜찮아요. 저는 미신 안 믿어요. 게다가 미역국 좋아하는걸요. 속이 편해지니 오히려 오늘 같은 날 더 좋네요."

미역국을 먹지 말라고 만류하는 아주머니를 보고 웃으며 미역국에 밥을 말아 한 그릇 후딱 해치웠다.

합격자 발표날 다시 그 민박집에 들러 주인아주머니께 그 미역국 때문에 내가 떨어지지는 않았음을 알리고 안심시켜드렸다.

그리고 입학한 대학에서는 교과서마다 이름을 빨간색으로 썼다. 친구들이 이상하게 생각했다.

"너는 왜 이름을 빨간색으로 쓰니?"

"예쁘잖아."

부모님 댁에 갔다가 차를 몰고 상계동을 지나는데 한 사거리에 많은 사람이 길게 줄을 서 있는 것이 보였다. 줄을 선 가게에는 '복권명당'이라고 쓰여 있었다. 그리고 1등, 2등에 여러 번 당첨된 듯 당첨 차수와 횟수가 적혀 있었다.

옆에 앉아 있던 아내가 말했다.

"줄이 엄청나게 기네. 저렇게 복권을 많이 사면 그만큼 당첨 확률이 높아지는 것이 당연한 거 아닌가?"

2017년 수능 바로 전날이었다. 지인들과 약속이 있어 인사동에서 점심 식사를 하고 근처 카페에서 원고를 작업하고 있었다. 스마트폰이 파르르 떨려 문자가 들어온 줄 알았는데 아니었다. 그리고 잠시 후에 지진관련 재난문자가 들어왔다. 인터넷에는 '지진'이라는 검색어가 1위로 떠 있었다. 사상 처음으로 자연재해로 수능시험이 연기되었다. 포항 사는 친구도 아파트가 흔들려 어린 아들과 집에 들어가지 못하고 차에서 잤다고 했다.

일주일 후, 그러니까 연기된 수능시험이 치러지기 전날, 나는 간절히 기도했다. 시험 기간 동안 여진이 일어나지 않게 해달라고, 지진 때문에 피해를 입은 사람들이 빨리 일상으로 복귀할 수 있게 해달라고. 그리고 수험생들이 시험을 치르는 시간 내내 기도하는 마음으로 함께 마음을 졸였다. 나 말고도 많은 사람이 같은 마음으로 기도했을 것이다. 그리고 별 탈 없이 시험이 끝났다. 누구보다 힘들었을 일주일이었지만 수험생들은 누구도 겪지 못한, 평생을 두고두고 말할 수 있는 경험 하나를 쌓은 것이다.

부모님 댁에 갔을 때 아버지가 혼자서 화투를 치고 있었다.

"혼자서 뭐 하세요?"

"운세를 보고 있지. 내년 운세가 어떨지 알아보려고."

그런데 분명 결과가 나왔는데 몇 번이고 다시 했다. 아마 원하는 내용이 나올 때까지 하는 것 같았다.

'좋아한다! 좋아하지 않는다!'

초등학교 시절 좋아하던 여학생이 나를 좋아할지 알아보려고 나뭇가지 잎을 하나씩 떼어가며 원하는 답이 나올 때까지 나뭇가지를 새로 꺾던 기억이 났다.

손자와 손녀가 다섯 명이나 되는 노인도 미래에 대한 관심이 많다는 생각에 미소가 배어났다.

저마다 열심히 살고 있지만 그래도 가끔씩은 무엇인가에 기대고 싶을 때가 있다. 매일 쏟아지는 사건 사고들을 보자면 맨정신으로는 뉴스조차 시청하기 어렵다. 하루하루 광대가 외줄 타기를 하는 마음으로 살아간다. 유명인이 인터넷 검색어 상위에 오르면 마음이 덜컥 내려앉기도 한다.

요즘은 기도를 더 많이 한다. 그렇게 기도를 하고 나면 어디선가 까치 울음소리가 들리는 것 같다.

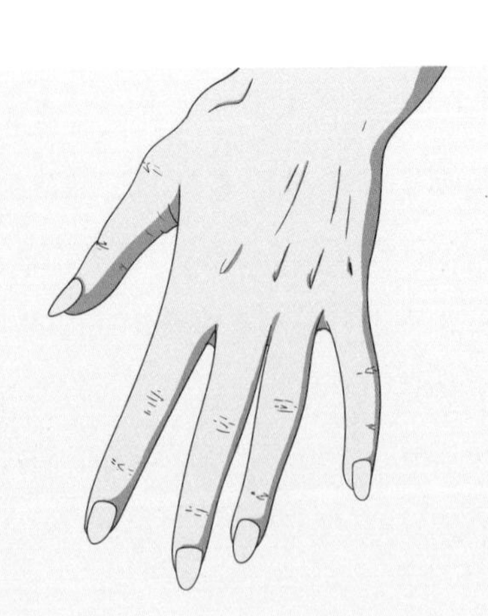

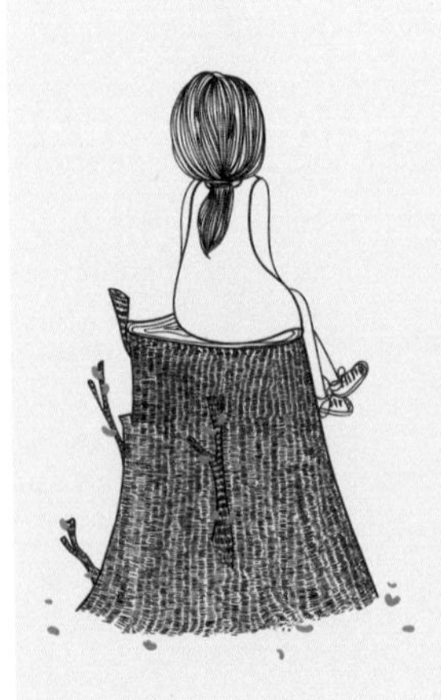

내미는 손

아내가 아기 옷을 선물할 곳이 있다 하여 백화점엘 갔다. 아내가 물건을 고르는 동안 나는 옆 장난감 코너를 서성이며 이것저것 진열된 상품들을 구경하고 있었다.

그런데 서너 살쯤 되었을까. 왼쪽 머리에 예쁜 핀을 꼽은 귀여운 여자 아이가 아빠 손을 잡고 진열된 장난감을 구경하고 있었다. 장난감을 만지려고 잠깐 아빠 손을 놓았다가 다시 아빠에게 손을 뻗을 때 아빠가 아니라 옆에 있던 내 손을 잡았다. 자기 아빠인 줄 알았던 모양이다. 아이는 전혀 눈치채지 못했다. 아이 아빠는 웃으며 지켜보고 있었다. 우리는 손을 잡은 채 서서히 걸음을 옮겼고 아이의 아빠도 입을 막고 웃으며 뒤에서 조용히 따라왔다.

그렇게 몇 분 지난 후 내가 아이 아빠에게 눈짓을 하자 그가 아이의 이름을 불렀다. 아이는 아빠를 돌아보더니 깜짝 놀라 나를 올려다보았다. 더 깜짝 놀라 손을 빼더니 아빠에게 달려갔다. 그러고는 아주아주 큰 소리로 울기 시작했다. 아빠가 웃으며 달래봤지만 소용없었다. 아기 옷을 사던 아내도 놀라서 달려왔다.

나와 아이 아빠는 아이가 너무 귀여워서 재미있어했지만 아내는 아이가 얼마나 놀랐겠느냐며 타박했다.

생각해보니 나도 많이 경험한 일이다. 철석같이 믿고 잡고 있던 손의 실체가 없어지는 경험 말이다. 악몽과도 같은 경험 말이다.

누군가의 손을 잡고 있으면 위태위태한 인생 속에서도 안정감을 가질 수 있다. 그러나 평생 남의 손을 잡고 의지할 수는 없다. 손이 변하기도 한다. 처음에는 믿을 만했지만 실체가 사라지기도 한다. 그런 황망함을 방지하기 위해서라도 누군가의 손에 의지하지 않고도 혼자서 걸어갈 수 있도록 성숙해져야 한다.

그런데 아무리 단단해지려 해도 삶은 넘어짐의 연속임을 경험하게 된다. 대부분 혼자서 일어나지만 누군가의 손이 절실히 필요할 때가 있다. 그럴 때면 또 어김없이 어디선가 나를 향해 내미는 손을 발견하게 된다.

그 많은 손을 통해 일어났으니 이젠 나도 손을 내미는 사람이 되고 싶다. 어린아이에게 장난치는 손이 아니라 일으켜주는 손 말이다. 요즘 들어 주위에 잡을 손이 필요한 사람이 더욱 많아 보인다.

나도 월요병에 걸리고 싶어요

TV의 어느 프로그램에서 촉망받는 한 발레리나가 말했다. 어릴 땐 그렇게 발레가 재미있고 하고 싶었는데, 해야 할 일이 되었을 땐 어느 순간 하기 싫어지고 너무 힘들어졌다는 것이다. 그러나 그런 순간들을 참고 참으며 계속했는데 어느 순간 자신에게 "잘한다", "예쁘다"라고 해주니 또 힘이 되고 신기하게 다시 재미있어지더라는 것이다. 힘든 시간이 있었지만 참고 견뎌낸 자신이 대견하다며 미소했다.

자신이 좋아하는 일을 하며 돈까지 벌 수 있다면 얼마나 좋을까. 나도 전에는 높은 비용과 어마어마한 시간을 투자해야 가능한 골프를 마음껏 즐기는 프로골퍼가 부러울 때가 있었다. 그러나 직접 만나본 프로골퍼들은 하나같이 말한다. 투어를 뛰는 프로생활을 즐기기에는 스트레스가 너무 극심하다고. 그래서 한참 전성기에 그만두는 선수들이 많다고 했다. 수입은 조금 적어도 레슨프로를 하며 사는 게 마음 편하다는 것이다.

일요일 저녁이면 월요일의 출근 공포에 떠는 목소리들이 여기저기서 들려온다. 그러나 정작 일요일 저녁에 가장 힘든 사람은 월요일이 와도 출근할 곳이 없는 사람들이다.

첫 직장생활을 할 때 내 소속 부서는 재경팀이었다. 남들이 일할 때도 일하고 남들이 다 퇴근하고 나면 본격적으로 업무가 시작되는 재무부서의 특성상 가장 야근이 많고 각종 결산과 보고, 분석 자료 작성으로 한 달에도 몇 번씩 밤을 새워야 하는 업무였다. 함께 입사한 동기들이 불쌍하다고 밥도 자주 사줄 정도였다. 그러나 회사 일에 몰입하며 그렇게 몇 년을 보내고 나니 다른 사람들보다 고과도 잘 받고 승진 기회도 일찍 얻었다. 거짓말 같지만 점점 내 일이 소중하게 생각되고 심지어 그런 직장생활이 재미있게 느껴졌다. 은행으로 직장을 옮겼을 때에는 나와 같은 직급의 사람들이 최소한 나보다 열 살 이상은 많았다.

'누구나 다 힘드니 다른 생각 말고 주어진 일에 최선을 다하라'는 말을 하고 싶은 것이 아니다. 그렇게 몰입해서 성의 있게 내 일을 살피니 어느 순간 그 일이 재미있어지던 경험을 말하고 싶은 것이다. 물론 열심히 한다 하여 다 성과가 좋은 것도 아니고 재미를 느끼게 되는 것이 아님을 잘 안다. 그러니 직장생활에 관해서는 난 스스로 행운아라고 생각한다.

어차피 해야 되는 일이라면 내가 하는 일을 재미있는 것으로 만들면 어떨까. 이렇게 말하면 회사의 사주를 받아 직원들이 다른 생각은 하지 않고 열심히 일하게 하라는 메시지를 전하고 있다는 생각이 들 수도 있겠다. 그러나 '나도 월요병에 걸려봤으면 좋겠다'라고 생각하는 사람이 생각보다 엄청나게 많음을, 심지어 출근해야 하는 사람보다 많음을 생각해보면 어떨까. 그런 사람들이 꼭 나보다 능력이 없어서, 게을러서 그런 상황에 놓인 것은 아닐 테니 말이다.

안타깝지만 이 사회는 기회가 공평하게 주어지지는 않는 현실이다. 참고 참으며 노력하면 언젠가 꼭 꿈을 이룬다는 것은 자기계발서에나 나오는 이야기다. 우리 사회에는 그 반대의 경우가 훨씬 많기 때문이다. 아프니까 청춘이라고 위로해주는 이들은 이미 성공한 사람들이다. 그다지 위로가 되지 않는다. 아픈 청춘을 참고 보내면 노년도 아프기 때문이다.

어떻게든 기회를 잡아 월요일에도 출근해서 열심히 일하고 싶은 청춘이 그렇지 않은 청춘보다 많다.

이렇게 써놓고 보니 또 걱정이 앞선다. 힘들다고 불평하는 후배들에게 꼰대 같은 이야기를 늘어놓는다는 비난을 받을 수도 있겠다. 그러나 내가 할 일이 있다는 것, 그리고 그 일이 누군가에게 도움이 된다는 것, 그리고 그 일들이 최소한 남들처럼 살아갈 수 있게 해준다는 것에 감사하고 자신의 일을 소중히 여기면 어느 순간 재미도 느낄 수 있지 않을까.

CHAPTER 3

내 사람들을 소중히 여기기

지금
내 앞에
있는 이가
내 인생에
가장
중요한 사람이다

명함 버리기

해마다 연말에는 새로운 해를 맞이하며 명함 정리를 한다. 내 명함집은 다섯 권이다. 명함이 아무리 늘어도 명함집을 더 살 필요가 없다. 명함집을 정리하여 새로운 공간을 마련해놓기 때문이다.

사회적으로 그럴듯한 자리에 있으면 서로 식사 한번 하자고 난리지만 조금 주춤하면 바로 등을 돌리는 사람이 많다. 하루는 연말도 아닌데 마음 모질게 먹고 대대적으로 명함을 정리했다. 어차피 떠나갈 사람들을 미리 떠나보내기로 결심한 것이다. 다섯 권의 명함집이 두 권으로 줄었다. 내가 기억도 못하는 사람들, 더군다나 상대방도 나를 기억하지 못할 것 같은 명함들을 가차 없이 쓰레기통으로 던져버렸다. 또 억지로 기억 속에서 지워야 할 사람들의 명함들도 떠나보냈다. 명함의 분량은 한 권이면 족할 정도로 줄었다. 그러나 두 권으로 유지했다. 한 권은 '일'적으로 여전히 관계가 필요한 사람들을 위한 것이고, 다른 한 권은 내가 '마음'을 나누는 사람들을 위한 것이다. 아무리 줄인다 해도 마지못해 하는 일과 내 마음을 섞기는 싫었다.

다가오는 인연이라고 계속 받아들이기만 하면 감당이 안 된다. 가지치기가 필요하다. 그래야 내 사람들에게 오롯이 집중할 수 있다.

명합집을 줄이며 생긴 공간에 새 책 세 권을 더 꽂을 수 있어서 얼마나 상쾌한지 모르겠다.

명함의 개수는 인맥이 아니다.

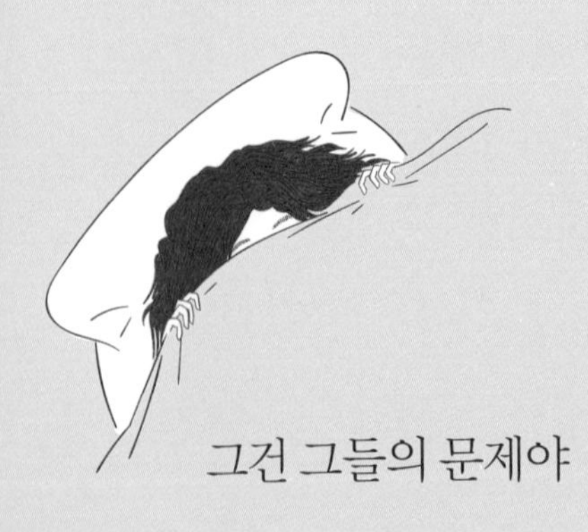

그건 그들의 문제야

나이가 어릴 때는 안정감 있어 보이는 어른들을 보며
나도 나이가 들면 자연히 그리 단단해질 줄 알았다.
그런데 갈수록 마음이 더 말랑말랑해짐을 느낀다.
상처받는 일이 두려워 점점 더
내게 상처를 주지 않을 것만 같은 사람을 찾게 된다.

사실 나를 아프게 한 사람들은 대부분 그 사실을 모르고 있다.
나 혼자 상처받고 나 혼자 미워하고 있었다.
결국 내 마음이 문제다.

살다 보면 나를 오해하고 미워하는 사람들을 만난다.
그러나 내가 할 수 있는 일이 없다.
그건 그들의 문제이기 때문이다.

팩트 폭력

깊은 강물에 한 사람이 빠져서 허우적거리고 있다.
이를 본 멘토가 소리를 지른다.
"할 수 있어! 너는 할 수 있다고! 나는 수영을 잘할 수 있다고 외쳐봐!
그러면 믿는 대로 될 거야! 희망을 가져, 희망을!
그런 어려움을 이겨내야 해! 그래야 성공할 수 있다고!"
옆에 있던 인생 선배도 한마디 한다.
"그러게 내가 평소에 수영을 배워놓으라고 했잖아.
이렇게 된 건 모두 네 책임이라고."
멀찍이 지나던 전 직장 동료도 한마디 보탠다.
"이왕 이렇게 된 거 피서라 생각하고 맘껏 즐기세요, 날도 더운데."
그러나 가장 가까운 친구는 아무 말도 하지 않고
바로 물속으로 뛰어든다.
자신이 수영을 못하는 것을 생각할 겨를도 없이…….
물에 빠진 사람에게 필요한 것은
팩트 폭력이 아니라 밧줄이다.

왜 자꾸 미안하다고 하세요?

"수술은 잘됐습니다. 이제 회복만 잘하시면 돼요. 그런데 왜 이렇게 늦게 오셨어요? 많이 힘드셨을 텐데요."

얼마 전에 어머니가 비교적 간단한 수술을 받았다. 그런데 무려 1년 넘게 아픔을 참고 지냈던 것이다. 참다못해 병원에 가서 진료를 받은 어머니는 수술 날짜를 받고 날짜가 임박해서야 내게 말했다. 평소보다 크게 TV 볼륨을 키워야 하는 것은 청력이 떨어져서이고, 전화할 때마다 화장실에서 받는 것은 비뇨기에 문제가 있어서였다. 그 생각을 왜 전혀 하지 못했을까.

수술 후 회복실에서 좀처럼 마취에서 깨어나지 못하던 어머니의 얼굴을 쓰다듬고 팔을 주물러드렸다. 한 시간가량 지나자 정신을 차렸다. '내가 누군지 알아보시겠어요?" 하자 끄덕이며 겨우 말을 꺼냈다.

"미. 안. 하. 다."

부모님은 당신이 아프셔도 자식들에게 폐가 될까 봐 말씀을 하지 않는다. 그리고 늘 미안하다고만 한다. 병실로 옮긴 후에도 '걱정 끼

쳐서 미안하다'는 말씀만 한다.

장모님도 마찬가지다. 몸이 아파 병원에 입원하고 나서야 아내에게 전화를 했을 정도다.

퇴원 후에 걱정되어 전화를 드려도 늘 내 걱정, 내 아이들 걱정이다. 그리고 전화를 끊을 때는 잊지 않고 한마디 보내신다.

"궁금했는데 전화줘서 고맙다."

왜 부모님은 다 내어주고도 자식들에게 미안해하시는지 모르겠다. 부모님을 가장 행복하게 하는 것은 자식들이 행복하게 사는 모습을 보여드리는 것이다. 그러나 부모님께서 건강하고 평안하게 사시는 것이 자식들에게도 큰 행복임을 알아주었으면 좋겠다.

내 나이에 부모님과 장인어른, 장모님 모두 우리 곁에 계시는 것이 얼마나 큰 감사의 제목이고 힘이 되는지 다시 한 번 느낀다.

앞으로 전화라도 더 자주 드려야겠다.

일부러 그런 거야

대학생 시절 교회 청년부 선배들과 함께 버스를 타고 이동할 때였다. 종점에서 탄 우리는 젊은이의 지정석이나 마찬가지이던 맨 뒷자리로 가 자리를 잡았지만 유독 한 선배는 운전기사 바로 뒷자리, 그러니까 맨 앞자리에 앉았다. 버스가 출발하고 몇 정거장 지나지 않아 한 할머니가 버스에 올라탔고 그 선배는 바로 자리를 양보하고는 뒤쪽으로 와서 손잡이를 붙잡고 섰다. 이미 뒷자리도 다 찼기 때문이다.

우리는 웃으며 말했다.

"거기 앉으면 금방 자리를 양보해야 하는데 뭐 하러 거기에 앉았어요?"

선배의 대답을 듣고 우리는 모두 머리를 망치로 얻어맞은 듯 아무 말도 할 수 없었다.

"그러려고 일부러 앞에 앉은 거야."

사랑의 힘

내 친구 A는 학창 시절부터 겉으로는 모든 게 완벽해 보였다. 모든 것이 짜임새 있어 보이고 빈틈이 없어 보여 오히려 다가가기 어려울 정도였다. 그런데 이 친구는 남의 일에 도무지 관심이 없고 심지어 누구나 감동하는 미담에도 마음이 움직이지 않았다.

그의 삶에 양보란 없고 자신의 시간과 물질을 떼어주는 일은 용납하지 못했다. 심지어 친구도 필요 없고 그때그때 필요에 따라 각종 클럽, 동호회에 가입하거나 SNS 등을 통해 해결하면 된다고 했다.

그는 결혼도 필요치 않고 자신은 죽을 때까지 외로움 따윈 느끼지 않을 것이라 장담했다.

"너는 이미 외로운 거야. 아직 느끼지 못할 뿐이지. 분명 인생의 터닝 포인트에 다다랐을 때 문득 느끼고 깨닫고 후회할 거라고."

아무리 충고를 해도 그는 자신만의 라이프 스타일을 고집했다.

그러던 그가 어느 날 찾아와 조심스럽게 봉투 하나를 내밀었다. 청첩장이었다.

"내가 결혼이라는 걸 하게 되었네. 내가 누구를 이렇게 사랑하게 될

줄 정말 몰랐어."

결혼 후 사랑스런 딸아이를 낳은 그는 누구보다 헌신적인 가장으로 바뀌어 있었다.

"이 아이를 보면 마치 어릴 때 내 모습을 보는 것 같아, 너무 신기해."

뛰어다니는 딸아이의 모습을 보는 그의 눈은 내가 알던 이전의 그의 눈빛이 아니었다.

사람의 신념이 바뀌는 것은 나쁜 게 아니다. 무조건 결혼을 해야 한다는 의미도 아니다. 자신과 마음을 나눌 사람을 만난다면 인생을 보는 눈이 바뀔 수도 있다. 자신의 마음을 만져줄 수 있고, 모든 걸 줄 수 있는 대상을 만났을 때 사람은 바뀐다. 이것이 사랑의 힘이다. 경험해보지 않으면 모른다.

다른 게 틀린 것은 아니다

냉면을 먹을 때 나는 항상 물냉면을, 아내는 비빔냉면을 시킨다. 서로의 취향이 확실히 다르다. 이것이 문제가 되지는 않는다. 오히려 서로 나눠 먹으면 두 가지를 다 먹을 수 있다.

나와 생각이 다른 사람을 보면 괜스레 마음이 불편해진다.

'어떻게 저런 정당을 지지할 수 있지?'

'재는 진짜 남자 보는 눈이 왜 저런지 이해가 안 돼.'

'저런 노래가 도대체 뭐가 좋다고 저렇게 난리일까.'

'무슨 생각으로 저런 옷을 입고 다니는 거지?'

'어떻게 저런 책을 읽고 감동을 받는 거지?"

그러나 모두 나와 생각이 같다면 세상이 얼마나 심심하고 재미없겠는가. 모두가 다르고 다양하기 때문에 세상이 재미있는 것 아닐까. 그림책을 볼 때, 넘기는 책장마다 같은 그림이 그려져 있으면 책을 볼 맛이 생기겠는가. 장마가 한창인 곳에서는 밝은 햇살이 그립고, 가뭄이 든 곳엔 시원한 빗줄기가 그리운 것이 정상 아니겠는가.

서로 다르기 때문에 세상은 큰 균형 속에서 잘 굴러가고 있는 것이다.

사람 노릇

"형은 부자가 되고 싶지 않아요?"

어느 날 한 후배가 물어왔다. 재테크에 영 소질이 없는 내가 걱정되어서 그랬는지, 자신이 부자가 되고 싶어 그랬는지 모르겠지만 재미있는 질문이라 생각했다.

"당연히 부자가 되고 싶지."

"어느 정도의 돈이 있어야 부자라 할 수 있을까요?"

"내 생각에는, 그저 사람 노릇을 할 정도의 돈이 있으면 부자라고 할 수 있을 것 같아."

"사람 노릇이요?"

부모님의 몸이 불편할 때 병원비 걱정은 하지 않게 해드릴 정도, 아이들 방학 때에는 수영장에 몸 한 번 담그게 해줄 정도, 결혼기념일에는 사랑하는 아내가 기뻐할 만한 작은 선물과 짧은 여행이라도 다녀올 수 있을 정도, 가정형편이 어려워 아르바이트와 학업을 병행하는 먼 친척 조카의 등록금 한 번 내줄 수 있는 정도, 친한 친구가 부모님 상을 당했을 때 조의금을 평소보다 조금 더 많이 할 수 있는 정도, 힘든 일 당한 후배에게 따뜻한 밥 한 끼 사줄 수 있을 정도, 실직한 친구의 아내에게 약간의 생활비를 슬쩍 건넬 정도의 돈은 있으면 좋겠다. 막상 나열해보니 생각보다는 조금 더 많은 돈이 필요할 것 같기도 하다.

이런 일을 하지 못한다고 사람 노릇 못한다는 의미는 절대 아니다. 다만, 이 나이가 되도록 앞만 보고 열심히 살아왔으니 이제 이 정도는 할 수 있으면 좋겠다는 뜻이다.

수십 억대의 자산을 소유하였으면서도 100억대 자산가가 되지 못해 절치부심하고 있는 사람보다, 늘 마이너스 통장을 사용하다가 드디어 통장에 잔고 100만 원이 찍히는 사람이 더 큰 행복감을 느낄 수 있다는 것은 참 아이러니다.

재산의 정의는 자신이 죽을 때까지 다 쓰고 가는 금액이라는 말이 있다. 그런 면에서 나는 재벌보다 낫다. 나는 적어도 내가 번 돈을 다 쓰고 갈 수는 있기 때문이다.

돈 때문에 사는 것은 아니지만 한쪽에서는 한 끼 식사비 정도의 돈이 없어 가장 비참하고 서러운 인생 시기를 보내는 사람들이 있는 게 현실이다. 나라님도 어찌할 수 없는 가난을 다 해결하긴 어렵지만, 적어도 내가 아는 사람이 어려움을 겪고 있을 때 작게나마 도움이 될 수 있다면 행복한 인생일 것이다. 이것이 바로 내가 생각하는 '사람 노릇'이다.

아날로그적
인간

전 직장 동료 중에 모든 게 완벽해 보이는 사람이 한 명 있었다.
아무리 늦게 퇴근해도 아침에는 칼같이 운동하고
하루 일과를 시작하는 그 사람은 일 처리도
군더더기 없이 깔끔하고 확실했다.
그런데 함께 있으면 뭔지 모르게 불편했다.
남의 일에는 도무지 관심이 없고 왠지 늘 쫓기듯 보였다.
그의 삶에 여유란 없어 보이고 자신의 시간과 물질을
떼어주는 일에는 알러지 반응을 보였다.
대화를 나눠보면 신경 쓸 것이 많은 관계는 걸리적거려 싫다고 했다.
그는 새로운 기계나 신기술이 나오면
얼리어답터로서 누구보다 발 빠르게 움직이며
신문물을 습득하는 취미를 가지고 있다.
"나는 외로움도 사치라고 생각해."

하루는 바늘 한 방도 들어갈 곳이 없어 보이는 그와 대화하다가
그의 등을 더듬거렸다.
"왜 그래? 지금 뭐 하는 거야?"
"스위치가 어디 있나 찾아보는 거야. 네가 로봇이 아닌가 해서."
그의 삶을 보면 합리적인 부분이 많고 모든 행동거지가 깔끔해서
후배들은 배울 것이 많다고 하지만 난 어쩐지 그가
된장을 넣지 않은 된장찌개처럼 느껴졌다.
그는 회사를 옮길 때도 정식 송별회도 거부하고
쿨하게 인사만 하고는 직장을 떠났다.

장마가 지속되던 어느 무더운 날,
자주 가는 프랜차이즈 카페에 들러 커피를 마시면서
책을 읽고 있었다.
"제가 이번 주까지만 근무하고 다음부터는 다른 지점으로
출근해야 해서 인사드리러 왔어요."
늘 환한 미소로 맞아주던 직원이 일부러 내가 앉은 2층으로 올라와
작별 인사를 하는 것이었다.
옆 테이블에 앉은 아주머니에게도 인사하니
아주머니가 꼭 안아주시며 새로운 곳에서도
열심히 하라고 격려해주었다.

그래, 이게 사람 사는 맛이지.
나는 아무래도 아날로그적 인간인가 보다.

청구역에서

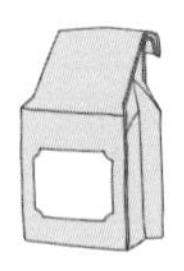

나는 지하철 5호선 청구역에만 오면 마음이 편해진다. 이곳에선 집까지 가는 지하철이 있기 때문이다. 시내로 나갈 때도, 교회에 갈 때도 이곳에서 갈아탄다. 사실 이 역이 좋은 이유는 따로 있다.

열차 문이 열리고 다른 노선으로 갈아타려 계단을 내딛는 순간 맛있는 빵 냄새가 풍겨오기 시작한다. 배가 부른 상태여도 또 허기가 지는 냄새다. 열차를 갈아타기 위해서는 꼭 지나야 하는 이 빵집 근처에 오면 조금이라도 더 빵 냄새를 맡으려고 일부러 천천히 지나기도 한다.

갈아타는 곳에서는 열차를 기다리며 그 빵집의 빵봉지를 들고 한입씩 오물오물 먹는 사람을 가끔 본다. 그러면 '나 저 빵 어디서 샀는지 아는데……'라는 생각에 묘한 동질감이 들기도 한다. 그런데 정작 나는 그곳에서 빵을 사본 적이 없다. 곧 도착할지도 모르는 열차를 생각하며 멈추지 않고 바로 지나가야 하기 때문이다. 냄새 때문에 잠시 발걸음을 늦출 뿐이다.

'다음에는 꼭 빵을 사서 먹어봐야지'라고 생각하며 지나가지만 다음에도 마찬가지다. 그러고는 '정작 맛을 알아버리면 이 좋은 냄새를 상상하는 즐거움이 깨어질지도 몰라' 하며 스스로를 다독인다.

그런데 오늘은 기어코 그곳에서 빵을 사고야 말았다. 나보다 빵을 더 좋아하는 친구를 만나러 가는 길이었다. 마음을 터놓을 수 있는 거의 유일한 친구다.

"나 주려고 이 빵봉지를 들고 다닌 거야?"

정작 빵보다는 어린 시절 노란 봉투에 생과자, 과일이나 까만 비닐봉지에 투게더 아이스크림을 사서 들고 오신 아버지처럼 그것을 들고 열차를 갈아타고 온 아재가 더 기특했던 모양이다.

내일도 청구역에서 지하철을 갈아타야 한다. 열차가 서서히 멈추고 문이 열리기를 기다리면서 곧 풍겨 올 빵 냄새에 살짝 설레겠지.

그 친구도 만날 때마다 내게 작은 설렘을 선사한다. 좋은 사람을 만나러 가는 길은 늘 설렌다. 그 설레는 마음이 빵 냄새와 어우러지면 금상첨화다.

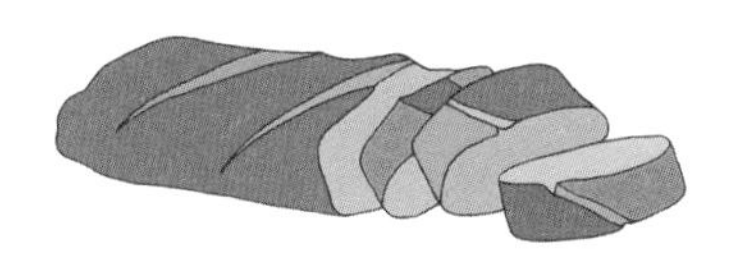

친구들이 예전 같지 않아요

내 책《평생 갈 내 사람을 남겨라》를 읽었다는 한 독자가 인간관계에 대한 상담을 해오셨다. 아이가 둘 있는 워킹맘이었는데 최근 들어 친하게 지내던 사람들이 자신에게 등을 돌리고 자신을 좋아하던 사람들도 하나둘 멀어지는 것 같아 고민이란다. 육아와 일을 병행하느라 힘이 들어 자신이 주변 사람들에게 전처럼 잘하지 못해서 그런 것 같다고 했다. 특히 대학 때부터 친하게 지내던 친구들도 요즘은 관계가 전 같지 않고 한 친구는 노골적으로 자신에게 반감을 드러내서 마음이 아프다는 것이었다.

"○○님은 친구들과 직장 동료들, 지인들을 다 좋아하세요?"

재산을 더 늘리고 싶거나 자기계발을 통해 자기발전을 지속적으로 추구하는 경우처럼 우리 주위에는 자신의 처지에 만족하지 않고 조금 더 나아지기 위해 욕심을 부리는 사람들이 있다. 지나치지만 않으면 당연히 필요한 욕심이다. 그러나 사람 욕심은 과하면 상처가 크다.

사람 욕심이 많은 사람은 사람들에게 상처도 많이 받는다. 자신이 마음을 쏟는 것만큼 자신에게 돌아오지 않기 때문이다. 자신도 싫어하는 사람이 있는데 모든 이가 자신을 좋아하기를 바라는 것은 욕심일뿐더러 불가능한 일이다.

육아와 직장 일을 병행하면서도 주변 사람들을 챙기고 좋은 관계를 맺기를 원하는 욕심은 바람직하고 칭찬할 만한 일이지만 세상 사람들을 다 내 편으로 만들 수는 없다. 인정할 것은 인정하고, 내려놓을 것은 내려놓는 게 정신 건강에 좋다. 그래야 마음이 편해진다.

"모든 사람이 다 나를 좋아할 수 있을까요? 평생 갈 사람은 몇 명이면 족합니다."

아무리 착하고 선한 사람도 모든 사람이 다 자신을 좋아하게 만들 수는 없다. 이 나라를 이끄는 대통령 또한 선거에서 표를 절반도 얻지 못하지 않았나. 재물에 대한 욕심과 마찬가지로 사람 욕심도 과하면 해롭다.

장미축제

집 근처에는 해마다 5월이면 장미축제를 하는 공원이 있다. 이곳에 가면 온갖 예쁘고 화려한 장미를 한눈에 볼 수 있을 뿐만 아니라 진한 꽃향기에 한껏 취할 수도 있다. 살랑거리는 바람에 은은한 꽃향기가 퍼지면 저절로 행복해진다. 집에서 가까워 저녁 시간이면 산책 삼아 거의 매일 이곳을 거닌다.

사람들은 저마다 사랑스런 시선으로 예쁜 장미를 들여다보고 어루만지며 그 장미와 함께 사진을 찍기도 한다.

축제 2일째는 첫날과는 확연히 다르다. 전날 사람들이 예쁘다고 쓰다듬고 사진을 찍었던 길가의 장미들이 사람들의 손을 많이 타 색이 변하고 시들해지고 죽어가고 있다.

백화점 의류 매장 입구에 전시된 옷들처럼 예쁘다고 기어코 만져봐야 직성이 풀리나 보다. 예쁜 사진을 찍어 자신의 SNS에 올리면 그만인가 보다. 때가 타버린 옷들은 팔 수도 없는데 말이다. 한 번 시든 꽃은 다시 피어나지 못하는데 말이다. 다음 날 오는 사람은 그 아름다움을 느낄 수 없는데 말이다.

기어코 내 곁에 두거나 내 것으로 만들려 하는 대신 그저 바라보고 지켜줘야 아름다움을 오래 간직하는 것이 많이 있다. 사람도 마찬가지다.

착한 가면

너무 착하고 순진해서 사기라도 당하면 어쩌나 염려되는 친구가 있다. 학창 시절에도 그러더니 중년이 된 지금도 마찬가지다. 하루는 그 친구가 자신의 비밀을 털어놓았다.

“사람들이 날 보고 뭐라 하는지 다 알아. 사실 난 그리 순진하지도, 착하지도 않아. 다만, 나는 하루가 시작되고 사람들을 만나러 밖으로 나올 때면 가면을 쓰지. 착한 가면 말이야.”

그러나 그를 아는 사람들은 이 말에 동의하지 않을 것이다.

“내 생각엔 말이야, 넌 이제 일부러 가면을 쓰지 않아도 돼. 네가 늘 쓰던 가면이 이젠 네 얼굴이 된 것 같아.”

저마다 자신의 얼굴을 숨긴 채 가면을 쓰고 살아가는 데 익숙한 세상 아닌가. 아무리 오랜 시간을 함께 지내온 사이라 해도 그 가면 뒤엔 어떤 얼굴이 있을지 알지 못하는 경우가 많다. 이것이 현실이다. 돈으로 살 수 있다면, 나도 그 착한 가면을 사서 쓰고 다니고 싶다.

단골 미용실을 바꾸기로 했다

10년간 단골이던 미용실을 바꾸기로 했다. 10여 년 전 지금 사는 아파트에 이사를 왔을 때부터 단골이었다. 이후 두 번이나 장소를 더 먼 곳으로 옮겼어도 나는 아들과 함께 차를 몰고 일부러 그곳에 가곤 했다. 한 달에 한 번 머리를 자르니 그동안 얼마나 많이 간 것일까. 특히 아들 녀석이 갓난아이 때부터 이 미용실의 원장님께만 머리를 잘라서 더 애틋했다. 아들도 다른 미용실에는 가지 않으려고 했다.

처음 우리 동네에 있을 때는 규모가 아주 작았는데 지금은 몇 배나 더 커졌고 직원도 많이 늘었다. 게다가 2호점도 내고 3호점도 준비 중이라고 했다. 점점 원장님에게서 헤어디자이너보다는 사업가의 느낌이 강하게 들었다.

그런데 미용실이 번창할수록 점점 마음이 불편해졌다. 워낙 살갑게 맞아주셨던 원장님이 손님이 많아지니 아무래도 우리 부자에게 소홀하게 되는 것은 그렇다 쳐도 미리 예약을 했는데도 중복 예약으로 오래 기다려야 하는 것은 예사고, 점점 불친절해진다는 생각마저 들었다. 그리고 좋은 입지 때문인지 머리 손질 가격도 많이 올라 우리 동네 미용실의 2배 수준을 넘고 있었다. 가격도 부담되지만 무엇보다 불편했던 것은 사람이 많이 변했다는 느낌이었다. 나는 그런 종류의 느낌을 잘 견디지 못한다.

지난번에 머리를 자르고 난 후 아들을 설득했다. 이제 우리 부자는 동네 미용실에서 새로 단골집을 찾을 것이다. 그러면 시간도 비용도 많이 절감할 것이다. 그런데 영 마음이 좋지 않았다. 친한 친구를 한 명 떠나보낸 느낌이랄까.

그렇다.

나는 내 마음대로 손님이라기보다는 오랜 친구처럼 생각했던 것이다. 아들의 성장과 함께 무려 100번 이상을 만난 사이이니 각별하다고 생각했나 보다. 내 책이 나올 때마다 사인을 해서 선물했다. 그러나 우리는 그저 손님이었던 것이다. 게다가 돈을 많이 벌어다주는 파마나 염색, 각종 트리트먼트 손님이 아니라 손이 많이 가는 남성 커트 손님에 불과했던 것 같다.

키가 자라면 눈높이가 높아지는 것은 당연하다. 돈이 많아지고 지위가 높아질수록 눈이 높아지는 것은 당연지사다. 그러니 눈높이를 맞추려면 일부러 무릎을 꿇거나 고개를 숙여야 한다. 그러나 잘나가는 사람이 일부러 그리하기란 쉽지 않다. 내 눈은 높아질 일이 별로 없으니 그나마 다행이라는 생각이 들었다. 단골 미용실 하나 바꾸기로 한 것뿐인데 나는 계속 서운한 마음이 가시지 않는다. 10년간 나 혼자 친구라고 생각했기 때문일까. 나이를 이만큼 먹었으니 아무에게나 마음 주는 일은 이제 좀 자제할 때도 되었건만…….

• • •

저마다 자신의 얼굴을 숨긴 채
가면을 쓰고 살아가는 데 익숙한 세상 아닌가.
아무리 오랜 시간을 함께 지내온 사이라 해도
그 가면 뒤엔 어떤 얼굴이 있을지
알지 못하는 경우가 많다. 이것이 현실이다.

돈으로 살 수 있다면,
나도 그 착한 가면을 사서
쓰고 다니고 싶다.

너무 앞서가면 길을 잃는다

어릴 적 어머니와 함께 어린이대공원에 놀러 간 적이 있다. 아마 어린이날이었던 것 같다. 그때는 어린이날이 지난 후에는 어린이대공원에 갔던 아이와 그렇지 못한 아이로 구분해도 좋을 정도로 어린이날에는 인파가 어마어마했다. 놀러 갈 만한 곳도 별로 없던 시절이었다.

신기한 동물들을 보고 놀이기구를 탈 생각에 너무 신이 난 나머지 나는 어머니보다 앞서서 막 뛰어갔다. 그러다 어머니를 잃어버렸다. 휴대전화가 없던 그 시절에는 미아가 많이 발생했고, 결국 부모의 곁으로 돌아가지 못하는 경우도 많았다. 두렵고 당황스러워 길 한가운데서 한참 두리번거리던 나를 어머니가 찾아내 위기를 모면하기는 했지만 그때의 공포감이 워낙 컸던지라 살면서 내겐 길을 잃고 혼자 방황하는 꿈이 귀신 꿈보다 무서운 악몽이 되었다. 나는 나이를 먹고도 그때의 꿈을 꾼다.

"그러게 너무 신난다고 앞만 보고 달려가면 길을 잃어버리는 거야. 아무리 급해도 좌우 잘 살펴보면서 천천히 가야지. 옆 사람 손 놓치지 말고."

나는 사람들과의 관계에서 상처를 받을 때면 그때 어머니의 말씀을 떠올린다.

요즘은 부쩍 사람들에 실망하는 일이 많이 생긴다. 그런데 사람들에게 실망하는 이유는 사실 내 마음이 너무 앞서가기 때문이다. 주위를 찬찬히 살펴보지 못하고 너무 먼저 앞서가서 기대하기 때문이다. 앞장서서 가면 앞만 보인다. 옆과 뒤는 보이지도 않고 아예 관심 밖으로 사라진다. 그러다 보면 내 마음만 외딴섬처럼 저만치 떨어져 있는 것을 발견하게 된다.

사랑도 관계도 일도 너무 앞서나가면 길을 잃기 십상이다. 주위를 찬찬히 살피고 앞서가려는 마음도 달래가면서 걸어가야 한다. 그것이 마음을 지키는 지름길이다.

만 원의 행복

전에 근무했던 회사에서 고객들을 대상으로 '만원의 행복'이라는 이벤트를 실시한 적이 있다. 평소에는 훨씬 비싼 각종 서비스를 이 기간에는 단돈 만 원으로 해결할 수 있어서 고객들에게 인기가 아주 많았다. 그런데 내가 느낀 것은 참 부지런한 고객이 많다는 것이었다. 기꺼이 발품을 팔아서 조그만 혜택이라도 누리려는 부지런한 사람들이다. 나처럼 온갖 혜택을 다 날려버리고 심지어 내게 어떤 혜택이 있는지도 제대로 모르는 사람에겐 다른 나라 이야기 같다. 사실 시간당 임금이라는 잣대로 따지면 누리는 혜택보다 이를 위해 들이는 공이 더 큰 경우도 많다고 생각했다.

내 경험상, 만 원으로 느낄 수 있는 가장 큰 행복은 지난겨울 넣어놓았던 겨울 코트 속에서 우연히 만 원짜리 한 장을 발견했을 때이다. 만 원은 식사 한 끼 할 정도의 금액에 지나지 않지만 만 원의 가치를 훨씬 넘어 횡재한 기분까지 든다. 기대하지 않았기 때문이다.

생각지도 않았는데 세심한 배려와 마음 씀씀이로 기쁨을 주는 사람들이 있다. 나도 모르게 기침을 몇 번 했는데 다음 날 목에 좋다며 예쁜 차 세트를 선물한 팀원, 내 생일이라고 연습하다 말고 느닷없이 생일 케이크를 대령해 축하해준 성가대원들, 군 복무 시절 고된 훈련 후 받아든 예쁜 편지와 거기에 담긴 예쁜 마음들, 그리고 꼬불꼬불 시골길에서 만난 이름 모를 야생화들…….

기대하지 않은 배려와 마음 씀씀이는 행복이라는 단어를 또 한 번 연상시킨다.

요즘 들어 가장 기쁨을 주는 사람들은 오랜만에 잊지 않고 연락해 주는 사람들이다. 늘 마음속에서 나를 생각해준 사람들이다. 나는 그만큼 마음 써주지 못했음이 미안해지기도 한다. 본인들 살기도 여유가 없고 정신없을 텐데 다른 사람에게까지 마음의 방을 기꺼이 나눠주는 사람들의 마음은 돈으로는 살 수 없는 삶의 소소한 기쁨이다. 기대하지 않은 상태에서 받은 마음의 배려는 삶의 활력소다.

청춘과 기성세대

"탁, 탁, 탁……."

지하철 왕십리역 2호선에서 5호선으로 갈아타려고 계단을 내려가는 중이었다. 내 바로 앞에서 한 시각장애인이 탁탁 소리를 내며 지팡이를 짚고 계단을 내려가고 있었다. 그런데 조금 앞 계단 중간에 상자처럼 보이는 물건이 하나 놓여 있었다. 그대로 가다간 넘어지기 십상이었다. 나는 계단을 빨리 내려가 그를 부축하려고 했다. 그런데 내가 손을 쓰기도 전에 서너 명이 잽싸게 그를 부축하고는 안전하게 계단을 내려가도록 도왔다. 나뿐 아니라 걱정스런 마음에 여러 명이 지켜보고 있었던 것이다. 직접 손을 뻗어 부축하려 한 사람은 모두 학생처럼 보이는 젊은 청년들이었다. 교복을 입은 여학생도 한 명 있었다.

'모두 무심하게 자기 길만 가고 있는 것은 아니구나!'

그중 이어폰을 꽂고 있던 한 청년은 그의 팔을 붙든 채 승강장으로 내려가 열차가 들어오고 문이 열리자 안전하게 함께 올라탔다. 여러 사람이 내내 그 광경을 지켜보았다.

극중 주인공들이 내 또래라 더 몰입해서 울고 웃으며 봤던 드라마 〈응답하라 1988〉에는 그야말로 좌충우돌 학창 시절을 보낸 청춘들이 나온다. 드라마라 조금 과장이 있겠지만 결국 자신의 입장에서 열심히 살면 사랑에도 성공하고 번듯한 자기 일도 찾게 된다. 그때는 가정 형편이 조금 어려워도, 조금 방황을 해도 다시 마음 단단히 먹고 열심히 하면 대학에도 가고 취업도 해서 각자 살길을 찾을 수 있었다. 그런데 개천에서 용 나는 것이 거의 불가능한 요즘 청춘들에게도 그런 기회가 주어지기는 하는 것일까?

얼마 전 대기업 임원으로 일하고 있는 한 선배가 한 말이 떠올랐다.

"요즘 애들은 믿을 수가 없어. 패기도 없고 자기중심적이거든!"

나는 그 말에 결코 동의할 수 없다. 지금 젊은이들에게는 공정한 기회가 주어지지 않은 것이고 그 직접적인 책임은 이러한 사회를 만든 기성세대에 있는 것 아닌가.

"청춘은 아픈 거야"라며 멘토 역할을 자청하는 것으로는 힘겨운 청춘들을 위로하기에 충분하지 않다. 누구를 탓하며 편 가르기를 하려는 것이 아니라 모두가 책임의식을 가지고 사회 현상을 바라봐야 한다는 것이다. 그래도 만약 전쟁이 나면 뛰어나가서 이 나라를 위해 목숨 걸고 싸울 청춘들이다. 학비를 벌기 위해, 취업 스펙을 위한 학원비를 벌기 위해, 자신의 먼 꿈을 위해 편의점에서 카페에서 혹은 배달 오토바이를 타고 참고 또 참으며 미래를 준비하는 청춘들이다.

영화 〈택시운전사〉를 보면 무력으로 진압하는 공권력에 대항하는, 아니 이유도 모르면서 죽어가는 대상들은 대부분 학생이고 젊은이였다. 빨갱이는커녕 어리바리해 보이기까지 한 어린 학생들은 바로 우리의 젊은 시절 모습 아닌가. 그런데 정의를 부르짖던 때의 순수한 마음은 잊혀가고 기성세대의 일부가 되어 젊은이들을 보며 혀를 끌끌 차는 모습 속에 이미 세상사에 때 묻어버린 우리의 모습을 볼 수 있다.

기회를 공평하게 주는 사회를 만들기 어렵다면 격려라도 따뜻하게 해줄 수 있어야겠다. 우리는 최루가스를 참아가며 사회 정의를 부르짖었지만, 지금 청춘들도 그런 상황이 오면 기성세대처럼, 아니 그보다 더 용감하게 불의와 싸울 것이라 확신한다. 촛불집회에서 분명히 경험했듯 말이다.

고대 벽화에도 '요즘 애들은 버릇이 없어'라는 내용이 적혀 있었던 것을 보면 청춘을 바라보는 기성세대의 시각은 늘 미덥지 못하고 불만이 있게 마련이다.

청춘은 그 자체로 아름답지만 시대를 막론하고 누구나 무거운 짐을 지는 시기이다. 그런 청춘들에게 필요한 것은 따스한 위로와 관심이다. 그리고 어느 때보다 힘든 청춘의 시기를 보내게 만든 기성세대의 미안한 마음이다.

물론 기성세대도 나름대로 무겁고 힘든 짐을 짊어지고 살아간다.

그렇다고 그것이 청춘들에게 가져야 할 미안한 마음을 상쇄할 수 있는 것은 아니다. 힘든 청춘의 시기를 이겨내는 윤활유는 위로와 격려이기 때문이다.

등대 같은 존재

나는 아주 어릴 때부터 등대의 이미지를 좋아했다. 무슨 뜻인지도 모르면서 '얼어붙은 달 그림자 물결 위에 차고'로 시작하는 '등대지기'라는 동요를 부를 때마다 괜히 코끝이 시큰해졌다. 등대는 외로움의 대명사처럼 생각되지만 깜깜한 망망대해에서 오가는 배들을 칠흑 같은 외로움 가운데서 건져주고 길을 안내해준다. 외로운 등대가 없으면 온 바다가 외로워진다.

초등학교 시절에는 선생님들이 왜 그리 호구조사를 열심히 했는지 모르겠다. 새 학년이 시작되어 새롭게 반이 편성되면 선생님은 아이들이 다 있는 교실에서 아버지 직업이 무엇인지, 부모님이 대학을 나오셨는지, 집에 자가용이 있는지 물어보며 해당 사항이 있으면 손을 들게 했다. 자신이 살고 있는 집이 자가인지 전세인지 물어보신 덕분에 우리는 아주 어릴 적부터 자가와 전세의 개념을 알게 되었다. 그리고 어떤 친구의 집이 부자인지, 친구의 부모님들이 회사에 다니는지, 공무원인지, 자영업자인지도 대충 알 수 있었다.

부자인 아이와 그렇지 못한 아이는 금방 차이가 났던 것 같다. 당시

엔 자가용이 있는 친구가 몇 안 되었는데 집에 자가용이 있는 아이는 때깔부터 달랐다. 부모님이 어떤 사람인가에 따라 우리는 선생님의 물음에 자신 있게 손을 들기도, 쭈뼛거리며 친구들 눈치를 보기도 했다. 조금 심하게 표현하면 부모님의 직업에 따라 학급 안에서 우리의 신분이 결정되기도 했다. 때깔 좋은 애들이 반장이며 부반장을 하는 경우가 많았던 것이다.

언제부터인지 나이가 들면서 결혼식, 돌잔치보다 부모님이 돌아가신 상가에 조문을 갈 일이 더 많아졌다. 지금 내 나이에는 부모님께서 살아 계신 경우보다 돌아가신 경우가 더 많다.

오랜 친구의 어머니가 돌아가셔서 조문을 갔다. 친구는 미국으로 이민을 가 한참을 살다가 어머니가 많이 아파서 한국에 들어와 몇 달간 간병을 했다. 아버지도 몇 해 전에 돌아가셨는데 그때보다 더 슬퍼하는 듯 보였다.

"난 이제 고아야" 하며 흐느끼는 친구를 보며 마음이 복잡해졌다. 평범하게 살아온 친구의 어머니를 조문하러 온 사람이 그리 많지 않아 조금 쓸쓸하다는 생각마저 들었다. 그런데 바로 옆 호실에는 자녀들이 고위직에 있는지 엄청나게 많은 화환과 함께 조문객이 끊임없이 드나들었다.

어릴 적에는 부모님의 상황에 따라 교실에서의 우리 신분이 결정되었지만, 부모님께서 가실 때에는 자식들의 상황에 따라 그림이 많이 달라진다.

"난, 아직 엄마를 보낼 준비가 안 된 거 같아. 더 좋은 딸이 되었어야 했는데……."

너무 큰 슬픔에 힘들어하는 친구 모습에 마음이 아팠다.

"장례 끝나고 언제 미국에 돌아가니? 아이들도 있잖아."

"글쎄, 당분간은 미국에 돌아가지 못할 것 같아. 마음을 정리하는 데 시간이 좀 걸릴 것 같거든."

아이들은 남편에게 맡기고 당분간 한국에 남아 어머니와의 추억을 정리하려는 듯했다.

부모님은 등대 같은 존재다. 부모님의 직업이 무엇이건, 사회에서 얼마나 영향력이 있었건 상관없다. 중요한 것은 얼마나 오래 우리와 함께 계시는가이다. 등대의 기능은 깜깜한 망망대해에서 수많은 배에게 길을 알려주는 것이다. 그러나 등대의 존재 의미는 주위가 다 보여 불을 켜지 않는 대낮에 더 크게 발한다. 정작 자신은 아무도 찾지 않는 땅끝에 외로이 서 있지만, 그곳에 등대가 있다는 사실만으로도 늘 든든하고 안심이 되는 것이다. '저곳에는 등대가 있어'라는 사실 덕분에 어둠을 뚫고 망망대해로 나갈 수 있다. 부모님은 함께 계셔주는 것만으로도 등대처럼 큰 위로가 되는 존재다.

이 꽃은 이름이 뭐죠?

요즘 중년 남성들에게 인기가 많다는 TV프로 〈나는 자연인이다〉를 보다 신기함을 느꼈다. 오지에서 생활하는 출연자들은 각종 꽃은 물론 그 많은 약초와 효능을 어찌 그리 다 아는지 모르겠다. 그들에게 물어보면 대부분 "산에서 살다 보면 저절로 알게 되죠"라고 대답한다.

내 나이 정도 되면 경험이 어느 정도 쌓여 잠시만 겪어봐도 상대방이 어떤 사람인지 알 수 있다고 생각하는 이가 많다. 그러나 여기서 실수가 자주 발생한다. 내가 믿고 싶은 대로 믿는 경향인 '확증편향'이 나타난다. 알게 모르게 '저 사람은 이러이러한 사람일 거야' 하는 판단을 넘어 '내가 그리 생각했으니 분명 이런 사람이어야 해'라는 고집이 가미된다.

나이가 들면서 지혜도 쌓였다고 생각해 자신은 상대방이 어떤 사람인지 알 수 있다는 착각과 고집 때문에 잘못 판단하고 스스로 판단한 대로 믿는 고집쟁이가 되어간다.

들길을 산책하다 예쁘게 피어 있는 야생화를 만나면 잠시 발걸음을 멈추고 요모조모 들여다보게 된다. 야생화를 보기 위해서는 고개를 숙이거나 살짝 무릎을 꿇어 나를 낮춰야 한다. 그렇게 수많은 꽃을 보고 사진에 담아왔지만 나는 아직도 비슷하게 생긴 개망초와 쑥부쟁이, 벌개미취, 구절초를 구분하지 못한다. "이 개망초 너무 예쁘죠?"라고 하면 "그건 벌개미취인데요"라고 타박을 받기 일쑤다.

꽃을 잘 아는 분에게 물어봤더니 그 꽃들은 모두 다르게 생긴 잎으로 구분이 가능하다고 한다. 스마트폰 어플로 꽃 이름을 알 수 있지만 꽃 이름을 아는 것 자체가 목적이 아니기에, 그렇게 알고 지나가면 다음에 또 이름을 기억하지 못할 것이기에 그저 고개를 숙이고 이리저리 살펴본다.

평생 보아온 꽃들도 매번 헷갈리고 구분하지 못하면서 잠시 스친 사람을 알 수 있다는 것은 얼마나 큰 착각인가.

살다 보면 알게 되는 지혜를 통해 멀리서 바람에 흔들리는 움직임만 봐도, 스쳐만 지나가도 어떤 꽃인지 아는 사람이 되고 싶다. 관계를 맺고 살아가는 수많은 사람의 마음과 진정성을 알 수 있으면 좋겠다. 겉으로 드러난 꽃이 아니라 숨겨진 잎을 볼 수 있는 눈이 내게 있으면 좋겠다.

조연이 박수받는 사회

인간관계로 깊은 고민에 빠진 후배가 있다. 20대 후반에 직장 경력이 5년째인 그녀는 학교에서도 그랬고 지금 직장에서도 인간관계가 고민이라고 했다. 얼핏 보면 주위에 사람이 많은 것 같은데 정작 마음을 터놓을 이가 없다는 것이다. 모두 자신을 이용하려는 사람들뿐인 것 같다고 했다. 심지어 지금 사귀고 있는 남자 친구에게도 가끔 그런 느낌을 받는단다.

이 후배에게 나는 언젠가 책에서 읽었던 내용을 말해줬다.

"시간이 나서 내게 오는 사람과 시간을 내서 내게 오는 사람을 구분하는 것이 인간관계의 기본이라고 생각해."

나와 관계 맺는 사람들이 어떤 마음인지를 알 수 있으면 내 마음이 그리 힘들지는 않을 것이다.

무엇이건 잘 까먹는 내가 이 문장을 잘 기억하는 이유는 따로 있다. 처음 이 글귀를 읽었을 때 나는 가슴이 철렁했다. 주변의 다른 사람을 생각할 것도 없이 목적과 필요에 따라 사람들에게 접근하는 나 자신의 속물 근성을 느꼈기 때문이다.

인간관계는 '나'가 중심이 되면 답이 없다. 드론으로 공중에서 모든 출연자와 풍경을 있는 그대로 보여주듯이 '나'라는 등장인물도 객관적으로 볼 줄 알아야 한다. 모두가 주인공인 주관적인 '나'만 존재하면 나를 둘러싼 모든 사람이 엑스트라가 되기 때문이다.

'내 인생의 주인공은 나야 나!'라는 아이돌의 노랫말이 유행하지만 수많은 지원자 중 선택받은 11명만 주인공은 아닐 것이다. 출연진이 모두 주인공이라면 영화가 제대로 만들어질 리 만무하다. 주인공도 되었다가 조연도 되었다가 하는 것이 현실임을 빨리 자각하는 게 현명하다. 내가 주인공이 되어 나에게 접근하는, 나와 관계 맺는 사람들을 관찰하고 평가하는 것이 중요하겠지만, 내가 상대방에게 어떤 사람인지, 그 사람의 인생에 어떤 의미가 있는지를 생각하게 되면 까짓 잠깐 동안의 조연쯤이야 얼마든지 감당할 수 있지 않겠는가. 그리고 다행인 점은 요즘은 그런 멋진 조연들에게도 박수를 쳐주는 여유가 우리에게 조금씩 생기는 것 같다.

나와 관계 맺는 사람들이
어떤 마음인지를 알 수 있으면
내 마음이 그리 힘들지는 않을 것이다.

청춘은 그 자체로 아름답지만
시대를 막론하고
누구나 무거운 짐을 지는 시기이다.
그런 청춘들에게 필요한 것은
따스한 위로와 관심이다.

어느 때보다 힘든
청춘의 시기를 보내게 만든
기성세대의
미안한 마음이다.

인간관계에 대하여

사람에 대해 무척 실망한 어느 날 번잡한 마음을 안고 서해안의 어느 바닷가에 한참을 앉아 있었다. 그저 물끄러미 바다를 바라보았다. 밀물과 썰물이 참 부지런히 드나들었을 그 바닷가가 내 인생과 참 많이 닮아 있다는 생각이 들었다.

"이럴 땐 제가 어떻게 해야 하나요?"

몇 해 전에 인간관계와 소통에 대해 쓴《평생 갈 내 사람을 남겨라》라는 책을 읽은 독자들이 가끔 상담을 요청한다. 미국의 인생 상담으로 유명한 칼럼인 '디어 애비Dear Abby'의 아비가일 반 뷰렌처럼 멋진 답을 들려주면 좋겠지만 안타깝게도 나도 다른 사람들과 같은 고민을 거의 매일 하고 있다. 그리고 이 책에서 여러 이야기를 들려주었지만 사실 인간관계를 기술적으로 관리한다는 의미가 아니라 좋은 인간관계를 위해 '나는 먼저 무엇을 해야 할까'에 대한 고민을 적은 글들이다.

나를 좋아하는 사람들도 있지만 그렇지 않은 사람들도 있다. 내가 감동 깊게 본 영화나 책도 '나는 별로야'라는 사람이 있는데 어찌 나를 다 좋아할 수 있겠는가. 머리로는 이 사실을 잘 알지만 이를 실제로 인정하고 쿨하게 지나가기란 매우 어렵다.

가깝게 지낸 사람 중에 뒤에서 나를 음해하는 사람들이 있었다. 그런 험담은 결국 내 귀에 들어오고야 만다. 너무 스트레스를 받은 나머지 변호사 친구에게 상담을 받기도 했다. 그러나 구체적인 피해 내용이 입증되지 않으면 법적인 절차를 밟아도 소용없다는 대답이었다. 가장 큰 피해는 상처받은 내 마음인데 객관적으로 증명할 방법이 없었다.

그때 그 친구가 이런 말을 덧붙였다.

"사람들은 잘 잊어버려. 남의 일에 기웃거리고 험담하길 좋아하지만 결국 모두 자기중심적이라 남의 일은 금방 잊어버리지. 시간이 지나면 자연스레 다 해결될 거야."

5·18 민주화운동의 한가운데 있다가 감옥생활까지 한 소설가 황석영은 한 강의에서 "근대와 현대 사이에는 기억과 망각의 갈등이 존재한다"라고 했다. 마땅히 기억해야 할 것과 잊어버려야 할 것 사이에서 정리되지 않은 채 어수선하게 살아온 우리 세대를 참 적절히 표현했다고 생각한다. 그런데 개개인의 인간관계에서도 이 기억과 망각의 갈등이 존재한다. 기억과 망각 속에서 반복되는 것이 인간관계다.

인간관계에 대한 스트레스와 이를 통한 에너지 소모는 실로 엄청나다. 경우에 따라서는 스스로 목숨을 끊게 할 정도까지 숨통을 조여오기도 한다. 그나마 시간이 지나면 잊고 잊힌다는 사실이 큰 위로가 된달까. 그러나 의지를 가지고 일부러 가지치기를 하는 것도 내 삶을 지켜내기 위해 꼭 필요한 과정이다.

나이가 들면서 내가 조금 변한 점이라면, 내게 다가온다고 무작정 마음을 다 열어주지 않고, 내게서 떠나간다 하여 울며불며 매달리지는 않게 되었다는 것이다. 어차피 인생을 살다 보면 많은 사람이 다가왔다가 떠나간다. 수도 없이 들어왔다가 나가는 저 바닷가의 밀물과 썰물처럼 말이다. 물이 밀려올 때 버선발로 나가서 반갑다고 호들갑 떨지 않고, 빠져나갈 때 털썩 주저앉아 바닷물을 움켜쥘 필요도 없다.

임경선은 에세이《태도에 관하여》에서 인간관계에 대해 이렇게 강조했다.

'관계의 상실을 인정할 용기가 있다면 어느덧 관계는 재생되어 있기도 하다. 이러한 관계의 자연스러운 생로병사를 나는 긍정한다.'

내게로 왔다가 가는 사람들을 자연스럽게 바라볼 수 있을 때 나는 또 한 뼘 성장해 있음을 느끼게 될 것 같다.

그렇다. 사람들이 내게로 오는 것, 또 내게서 떠나가는 것, 그것은 자연스러운 것이다. 인간의 생로병사처럼…….

계절이 바뀔 때마다 드는 생각

봄꽃처럼 화사하고 향기로운 사람과 있으면 기분이 좋아졌다.

여름 바다처럼 넓고 시원한 마음을 가진 사람을 만나면 숨통이 트였다.

가을 하늘처럼 맑고 깨끗한 마음을 가진 사람을 보면 내 마음도 맑아지는 것 같았다.

겨울눈처럼 희고 깨끗한 마음을 지닌 사람과 있으면 나도 깨끗해지는 느낌이었다.

나는 늘 그런 사람을 찾아 헤맸다.

좋은 사람을 동경하고 찾아다니느라 어느새 이렇게 나이가 들어버렸다.

그런 사람을 찾아다닐 시간에 내가 그런 사람이 되려고 노력했다면 어땠을까.

봄처럼, 여름처럼, 가을처럼 그리고 겨울처럼 살아왔으면 지금의 나는 조금 더 나은 사람이 되지 않았을까.

나는 왜 계절의 변화를 느끼며 덜컥 몸이 고장 나곤 하는 환절기의 불안함 가운데 살아온 것일까.

이제야 그런 마음이 드니 좋은 사람을 찾아 헤매고 다닌 내 시간들이 아까워 약이 올라 어쩔 줄 모르겠다.

어른들은 "아직 늦지 않았어"라고 하시겠지.

나도 후배들한테 그렇게 말할 거니까.

그래도 지난 세월을 돌아보면 흘려보낸 시간들이 아까워 약이 오르는 것은 사실이다.

계절이 바뀔 때마다 드는 생각이다.

특히 가을에…….

외로운 고래 52

온갖 죽을 고비를 넘겨가며 수천 킬로미터를 헤엄쳐 겨우 암컷을 만나 사랑의 세레나데를 부르지만 정작 상대방은 자신의 소리를 듣지 못한다. '외로운 고래 52'라 불리는 한 고래의 이야기다. 힘들게 마음에 드는 상대를 찾아와도 상대는 자신을 알아보지 못한다. 소리로 소통하는 고래는 보통 12~25헤르츠의 주파수로 소통하는데, 이 고래의 주파수는 52이기 때문이다. 주파수가 다르므로 상대는 이 고래의 구애는 물론 존재조차 알아채지 못한다.

아무리 목 놓아 소리 내어 불러도 상대방이 이를 알아채지 못한다면 그 심정이 어떨까. 특히 상대방이 내 마음을 빼앗아간 존재라면 그 외로움과 실망감을 우리가 감히 상상이나 할 수 있을까.

한국에서도 인기가 많은 미국 드라마 〈CSI: 16 피날레〉 편에서 은퇴했던 그리샴 반장은, 자신의 사랑이 받아들여지지 않자 살인을 저지른 범인과 마주쳤을 때 이 고래 이야기를 한다. 그런 비뚤어진 방법으로는 상대에게 제대로 목소리를 전달할 수 없다고…….

방탄소년단도 'Whalien 52'라는 곡에서 이 고래의 특성을 인용해 아무리 소리쳐도 그 누구에게 닿지 않는 외로움을 노래했다.

학창 시절부터 알고 지낸 후배 커플이 있다. 얼핏 보면 서로 너무 맞지 않아 '저 커플이 얼마나 오래갈까'라고 걱정했는데 희한하게 계속 사귀더니 결혼에 골인하고 아이도 둘이나 낳았다. 그런데 이제 와 보니 그 어느 커플보다 잘 어울린다.

"솔직히 난 너희들이 금방 헤어질 줄 알았어."

나뿐 아니라 많은 사람이 그 커플에게 하는 말이다. 자신들도 그럴 줄 알았단다.

"저희도 마찬가지였어요. 누구보다 사랑하는데 뭔지 모르게 맞지 않고…… 그러다 결국 알아냈죠. 서로의 주파수가 다르다는 것을. 오랜 시간 지지고 볶고 하는 중에 서로에게 주파수를 맞추려는 노력을 했죠. 그러다 보니 어느 순간 서로의 주파수가 맞춰진 것을 느끼게 되더라구요."

아무리 목소리를 내고 마음을 내뿜어도 주파수가 다르면 소리 없는 아우성일 뿐이다. 연인뿐 아니라 사회적으로 관계를 맺고 살아가는 주변 사람들을 잘 살펴보면 나와 주파수가 비슷하다. 내가 다른 사람들과 좋은 관계를 맺으며 살아가고 싶으면 상대방의 주파수에 맞추려는 노력과 시도가 필요하다. 그렇지 않으면 외로운 고래가 되어 살아가는 수밖에 없다. 내 존재 자체도 알리지 못한 채!

그런데 우리는 다른 사람들이 왜 내 주파수에 맞추지 않는지를 불평하며 살고 있지는 않은지…….

노래방 가실래요?

한 모임을 마치고 식사 후에 노래방에 간 적이 있다. 내 기억에 지난 몇 년간 노래방에 간 적이 없으니 아마 몇 년은 지난 이야기다.

늘 조용하고 얌전해서 일부러 말을 붙이지 않으면 좀처럼 먼저 입을 열지 않으면서도 모임에는 빠지지 않는 사람이 있었다. 다들 돌아가며 노래를 하는데 그 사람은 박수만 칠 뿐 도무지 마이크를 잡으려 하지 않았다. 그러다 모두가 아무 노래라도 한 곡 하라고 부추기자 번호를 꾹꾹 눌렀다. 노래책을 보고 누른 것이 아니다. 번호를 외우고 있었다.

그 순간부터 노래방을 나올 때까지 우리는 어느 누구도 노래를 부를 엄두를 내지 못했다. 그 사람이 자우림의 〈일탈〉을 시작으로 마이크를 독점한 채 계속해서 외우고 있는 번호들을 누르고 너무 열정적으로 노래를 불렀기 때문이다. 혹시 미친 건 아닐까 싶을 정도로 소리를 질러대기도 했다. 자리에서도 방방 뛰고 심지어 의자 위에 뛰어올라가서 부르기도 했다. 보고만 있어도 스트레스가 풀리는 듯했다. 아니 그렇게 하면 스트레스가 풀리는 것이라고 생각해야 했다.

"제가 오늘 좀 과했지요? 전 혼자서도 가끔 노래방에 와요."

그 사람은 노래방을 나오면서 원래 자신의 캐릭터대로 얌전하게 이야기했다. 그래도 얼굴은 발그레 상기되어 있었다.

'저 사람은 저렇게 스트레스를 푸는구나.'

얼마 전 그와 통화를 할 일이 있었다. 용건을 마치고 전화를 끊으려는데 내게 혹시 오늘 시간이 있냐고 했다. 노래방에 함께 가지 않겠냐는 것이었다.

"오늘이요? 죄송해요. 오늘은 촬영 스케줄이 있어서요……."

노래방에 별 취미가 없는 나는 반사적으로 둘러대고 말았다.

어깨가 아파 병원에 들렀다. 엑스레이를 찍으면서 혼자 중얼거렸다.

"엑스레이촬영도 촬영이니까……."

그런데 자꾸 그 사람이 마음에 걸렸다. 다른 사람에게 식사 한번 하자고 먼저 말도 못 꺼내는 사람의 제안을 단칼에 거절했으니 그의 마음이 어땠을까. 어쩌면 나에게 말을 꺼내기로 마음먹고 실행에 옮기기까지 몇 년이 걸렸는지도 모를 일이었다.

노래방에 가서 부를 수 있는 노래 몇 곡 골라서 흥얼거려보고 며칠이 지난 후 그 사람에게 연락했다.

"우리 노래방 가야지요?'

책을 좀 버려야겠어

"여보, 책을 좀 버려야겠어."

올 것이 왔다. 아이들은 커가고 짐은 늘어가니 버릴 것은 버려야 한다. 그 버릴 것 중 1순위가 바로 책이다. 게다가 미니멀 라이프가 유행인지라 오래된 책을 버리는 것은 당연지사. 책을 쌓아놓고 사는 일은 시대에 뒤떨어진 것이라는 분위기가 무르익어 바늘방석에 앉은 듯 늘 불안한 마음으로 살고 있는 터였다.

이 책은 다음에 책 쓸 때 참고하려고 했던 것이고, 이 책은 친구에게 선물받은 것이고, 이 책은 내가 울적할 때 많은 위로가 된 책이고, 이 책은 표지가 예쁘고, 이 책은 저자에게 직접 받은 책이고…… 도무지 사연이 없는 책이 없었다. 손가락 발가락 스무 개 중 가장 필요 없는 걸 골라서 버리라는 것 같았다.

힘들게, 아주 힘들게 책 200권 정도를 정리했다. 보통 다른 집은 거실 소파에 앉으면 정면에 TV가 있다. 그런데 우리 집 거실에는 TV가 없고 책장이 있다. 소파에 앉아서 물끄러미 책들을 바라보며 생각에 잠길 때가 많다. 책 제목, 표지만 봐도 그 책의 내용은 물론이고 그 책을 읽은 장소, 읽은 동안 내게 일어났던 에피소드, 책을 읽으며 했던 생각 등이 떠오르기 때문이다. 마치 예전에 좋아하던 노래를 다시 들을 때 추억과 사연이 스멀스멀 떠오르는 느낌이랄까.

"이제 조금 숨통이 트이네."

거실 책장은 물론이고 아이들 방, 베란다 등에 자리 잡고 있는 책장들도 거의 정리를 해야 했다. 아내는 책장에 공간이 조금 더 생겼다고 좋아하지만 나는 책장의 중간중간 빈 공간을 볼 때마다 허전하다. 그래 봐야 금방 그 자리들이 채워질 테지만…….

나는 어렸을 때부터 책 욕심이 많았다. 크고 멋진 TV나 오디오가 있는 친구의 집보다 책 많은 친구의 집이 더 부러웠다. 내게 돈을 빌려 가서 갚지 않은 친구는 다 잊어버렸어도, 내 책을 빌린 채로 전학을 가버렸거나 아직도 돌려주지 않은 친구의 이름은 물론이고 책 제목까지 다 기억한다.

골동품처럼 오래됐거나 너무 낙서를 많이 해서 너덜너덜해진 것들은 버리고, 일부는 교회 도서관에 기증하고, 새로 개업하는 선배의 카페에 진열할 것들도 골라냈다.

별 낙서도 없고 상태도 좋은 녀석들은 팔기 위해 중고서점에 갔다.

그때 중고서점이라는 곳에 처음 가봤다. 나는 책을 주로 서점에서 정가를 주고 사기 때문이다. 중고서점은 조금 규모가 작고 더 복잡한 것만 빼면 빽빽하게 그러나 나름의 규칙으로 정리된 서고 같은 느낌이 들었고, 여기저기 앉아서 책을 읽는 사람들 모습이 대형서점과 비슷했다.

아내가 책을 팔기 위해 직원과 이야기를 하는 동안 나는 서점을 둘러봤다. 그런데 눈에 띄는 책이 있었다. 내가 쓴 책이었다. 아주 잠깐 반가운 마음이 들었지만 이내 기분이 조금 이상해졌다. 손을 뻗어 책을 꺼낸 후 첫 페이지를 펼쳤다. 순간 나쁜 짓을 하다가 들킨 것처럼 얼굴이 화끈거렸다. '○○○ 님께 지은이 삼가 드립니다. 이주형'이라고 적혀 있었던 것이다. ○○○은 전 직장에서 함께 근무했던 후배였다. 책을 잘 읽는 스타일은 아니었지만 함께 근무한 인연으로 소중하게 사인을 해서 선물한 것이었는데…….

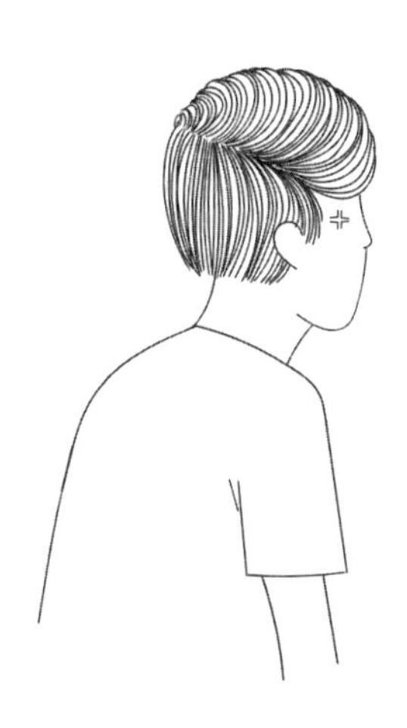

'뭐, 본인이 다 읽었으면 중고로 팔아서 다만 얼마라도 받고, 다른 사람도 읽고, 그게 더 실용적인 거지. 미니멀 라이프가 대세잖아'라고 생각하고 책장을 들춰봤는데 도무지 책을 읽은 흔적은 찾을 수 없었다.

아내에게는 이 사실을 말하지 않았다. 아내도 아는 후배여서 창피하기도 하고 부끄럽기도 했기 때문이다. '○○이 나쁜 짓을 한 것도 아니고, 충분히 그럴 수 있잖아'라고 생각했다. 아니 그리 생각하려고 노력했다.

그런데 신기하게도 며칠 후에 그 후배에게 메시지가 왔다. 오랜만이라고, 선배 생각이 가끔 나더라고, 밥 좀 사달라고…….

괜찮다고, 그럴 수 있다고 생각했지만 그래도 솔직히, 별로 밥을 사주고 얼굴 보며 커피를 마시고 싶지는 않았다.

책을 분류해서 정리하고 책장에 숨통을 트이게 할 때, 직접 저자로부터 선물받은 책, 다른 사람이 정성껏 선물한 책은 되도록 버리지 않고 다시 꽂아두길 잘했다는 생각이 든다. 나는 아무래도 책을 버리는 데는 참 서툰 사람이다.

굿모닝!

친구 아버지가 갑자기 돌아가셨다. 멀쩡히 다니던 직장을 그만두고 외국에 나갔다가 귀국해서는 지방에서 일했던 터라 몇 년간 연락이 끊긴 녀석이었다. 연락은 주고받지 않았어도 내겐 가장 친한 친구였다. 나는 계속 연락을 했지만 친구는 연락을 하지 않았다. 다 이유가 있을 것이라 생각했다. 몇 년 동안 연락도 하지 않은 친구가 가장 친한 친구 맞느냐고 하겠지만 어릴 때부터 우리 사이를 지켜본 아내는 가장 친한 친구라는 말에 고개를 끄덕인다.

오랜만에 만난 친구는 폭삭 늙어 있었다. 머리는 허옇게 세어 있었고 전에는 잘 안 보이던 주름도 많아졌다. 두 눈도 움푹 들어갔다. 전에는 머리에 염색을 했는데 머리카락이 검어 속았는지도 모르겠다. 하여간 오랜만에 보는 친구는 무척 수척해 보였다. 큰일을 겪은 며칠 동안 머리가 하얗게 변색되었을 리는 만무하다. 친구는 제대로 말을 잇지 못했다.

"아침에도 굿모닝, 하고 인사하셨는데 갑자기……."

다음 날 이른 새벽에 발인을 한 후 벽제에서 화장을 하고 충청도 어딘가 선산으로 모신다고 했다. 친구의 아버지가 돌아가셨는데 적절한 표현은 아니지만 나는 벽제에서 화장을 한다고 해서 다행이라 생각했다. 휴가를 낼 수 없는 바쁜 시기여서 충청도 장지까지 함께 가기 어려웠기 때문이다. 조문을 갔다가 밤 늦게 집에 와서 잠시 눈을 붙이고 다시 일찍 택시를 타고 장례식장으로 갔다. 그리고 예배를 드린 후 영구차를 타고 함께 벽제로 이동했다. 화장을 시작하자 사람들은 식당으로 이동해 울음을 멈추고 꾸역꾸역 아침 식사를 했다. 아버지를 잃은 슬픔이 가장 클 친구는 상주로서 화장장까지 함께 와준 손님들 식사를 챙기느라 슬퍼할 시간도 없어 보였다. 내가 대신 손님들을 챙기려다가 그냥 놔뒀다. 슬퍼할 경황이 없는 것이 친구에게 더 나을 테니까. 그저 잠깐 짬이 나서 앉아 있던 친구에게 커피 한 잔 건넸을 뿐이다.

시간을 확인한 후 친구에게 인사를 했다.
"회사 일이 바쁜 시기라 장지까지는 같이 못 갈 것 같다."
친구는 손사래를 치며 와준 것만도 너무 고맙다며 건물 밖까지 배웅했다. 친구와 악수를 했다. 별다른 말은 없었다. 그저 다른 사람들과의 악수보다 조금 더 손을 세게, 오래 쥐었을 뿐이다.

터덜터덜 언덕길을 내려와 화장장 앞길을 건너니 버스 정류장이 보였다. 회사 근처 시내로 가는 버스가 많았다. 버스에 올라 수많은 출근 인파의 일부가 되는 순간 또 평범한 일상이 시작되었다.

평소보다는 조금 늦었지만 공식 출근 시간에는 늦지 않게 회사에 도착했다. 엘리베이터 앞에서 상사를 만났다.

"굿모닝!"

상사는 평소처럼 손을 흔들며 먼저 인사를 했다. 에너지가 넘쳐 보였다. 처음 보는 빨간 넥타이를 매고 있었다.

마침 아침부터 회의가 잡혀 있어 자리에 옷을 걸어놓고, 다이어리와 볼펜을 챙긴 후 회의실로 갔다. 평소와 같이 팀원들이 모여 있었다. 나는 늘 10분 정도 먼저 와서 커피를 마시며 잠시 소소한 담소를 나누다가 회의를 시작하곤 했는데 그날은 가운데 내 자리만 비어 있었다. 모두가 이미 와서 담소를 나누다가 내가 문을 열고 들어서자 일제히 나를 바라봤다. 나는 평소처럼 팀원들에게 인사를 하고 자리에 앉았다.

"굿모닝!"

그리고 또 하루가 시작되었다. 나는 습관처럼 굿모닝을 만들고 있었다.

좋은 사람을 동경하고 찾아다니느라
어느새 이렇게 나이가 들어버렸다.
그런 사람을 찾아다닐 시간에
내가 그런 사람이 되려고 노력했다면 어땠을까.
봄처럼, 여름처럼, 가을처럼 그리고 겨울처럼 살아왔으면
지금의 나는 조금 더 나은 사람이 되지 않았을까.

나는 왜
계절의 변화를 느끼며
덜컥 몸이 고장 나곤 하는
환절기의 불안함 가운데
살아온 것일까.

에피소드를 공유한다는 것

내가 신입 사원 때의 일이다. 입사한 지 몇 개월 만에 싱가포르로 첫 해외 출장을 가게 되었다. 아시아의 각 담당자가 모여서 회의를 하는 첫날, 회의 장소로 올라가는 엘리베이터 안에서 한 싱가포르 여성이 먼저 말을 걸어왔다.

"You must be Tim, right?"

내 영어 이름이 팀이었고 그녀는 싱가포르 담당자 베로니카Veronica였다. 전화나 이메일로만 연락하다가 처음 만나니 너무 반가웠다.

"I thought you are the CEO."

그녀는 내가 사장인 줄 알았다고 했다. 양복을 입고 있었기 때문이다. 당시에는 여름 양복을 입을 때도 조끼를 갖추는 것이 유행이었다. 내가 대학 졸업 사진을 여름에 찍었는데 남학생들은 대부분 조끼까지 세트로 된 양복을 입었을 정도였다.

그런데 그녀는 미니스커트에 어깨가 다 나오는 나시 니트를 입고 있었다. 당시 한국에서는 상상도 할 수 없는 복장이었다. 나는 처음 참여하는 자리이니 격식을 갖추기 위해 한국에서처럼 정장을 하고 참석한 것이었다. 당시 싱가포르의 온도는 35도를 넘고 있었다.

회의실에 도착한 나는 놀라지 않을 수 없었다. 참석자의 절반 이상인 여성들은 모두 베로니카와 비슷한 복장이었고, 남자들은 대부분 반팔 셔츠에 가벼운 면바지 차림이었다. 홀로 정장을 하고 참석한 내가 얼마나 튀었을지는 더 설명하지 않아도 될 듯하다.

이후 베로니카는 나를 만날 때마다 "왜 오늘은 정장을 안 입었느냐?"며 약을 올렸다. 물론 서로 키득거리면서 더 친한 사이가 되었다. 나보고 은행원Banker 같다고 놀리기도 했는데 훗날 진짜로 나는 은행에서 근무하게 되었다.

에피소드를 나눈다는 것은 퍽 의미 있는 일이다. 함께 공유할 기억을 나눈다는 것은 그만큼 친밀한 관계라는 뜻이다. 사실 우리가 많이 사용하는 SNS상의 사진, 글, 에피소드에 '좋아요'를 누르고 댓글을 다는 행위도 소소한 에피소드를 공유하는 의미가 있다. 적절하게만 사용하면 SNS도 시간 낭비나 감정 낭비가 아니라 마음을 나누는 의미 있는 소통의 장이 될 수 있다.

그런데 왜 자꾸 속이 상하는지

"여보세요? 목소리가 왜 그러세요? 어디 편찮으세요?"
"아냐, 자다가 일어나서 그래."

어느 일요일 오후, 평소 즐겨 보시는 저녁 뉴스 시간에 전화를 드렸더니 어머니의 목소리가 좋지 않았다. 어디 편찮으신 것 같았다. 부모님은 오늘 낮에 결혼식이 있어서 함께 다녀왔다고 했다. 그런데 결혼식장이 우리 집과 멀지 않은 곳이었다. 부모님 집과는 꽤 먼 곳이었다.

"여기까지 오셨으면 집에 잠깐이라도 들르시지 그랬어요."
"빨리 다녀와서 좀 쉬려고 그랬지. 너희도 종일 교회 다녀와서 피곤할 거고."

지하철을 두 번 갈아타고 다녀온 터라 매우 피곤하셨던 모양이다. 아버지도 저녁도 거르고 주무신다고 했다.

부모인데 자식들 집도 마음대로 들르지 못하신다. 손주들이 얼마나 보고 싶으셨을까. 그러면서도 건강은 어떤지, 아이들은 잘 크는지 이것저것 빼놓지 않고 많이 물어보신다.

이제 팔순이 다 된 노인들인데 주말에 대중교통으로 시내를 한참 돌아다녔을 것을 생각하니 마음이 아팠다. 택시도 절대 안 탄다. 게다가 지하철 환승을 하는 곳들은 계단이 많기로 유명한 역들이었다. 하다못해 집까지 모셔다드렸으면 얼마나 좋았을까 하는 생각이 들어 너무 죄스러운 마음이었다.

"그래도 우린 지하철 두 번 갈아타고 다닐 정도로 건강하다. 너희도 모두 건강에 신경 써야 해. 건강이 제일이야."

이제나 저제나 무심한 자식 걱정뿐이지만, 그 말씀도 맞는 말이다. 지하철 두 번 갈아타고 다녀올 정도면 그만큼 건강하다는 것이니, 그건 참 감사한 일이다. 그래도 뭔지 모를 속상함에 자꾸 뒤척이게 되는 밤이다.

CHAPTER 4

자신의 삶을 격려하기 :

잘 살아가기 위해 지금 당장 무엇을 해야 할까?

나라면 저렇게 안 해

모처럼 한가로운 주말 오전이었다. 집 근처의 공원을 산책하다 벤치에 앉아 지나가는 사람들을 구경하고 있었다. 길을 지나는 한 할아버지의 허리춤에 달린 라디오 볼륨이 너무 커서 트로트 노랫소리가 쩌렁쩌렁 울렸다. 그때 옆 벤치에 앉아 있던 서른 중반쯤 되어 보이는 여성 둘이 한마디씩 한다.

"겉으로는 고상해 보이는데 왜 저렇게 다른 사람을 생각하지 않을까?"

"그러게 말이야, 나이가 들수록 더 남을 배려해야 하는 거잖아. 난 저렇게 교양 없이 나이 들진 않을 거야."

어르신들이 볼륨을 높이는 이유는 간단하다. 나이가 들수록 청력이 떨어져 잘 안 들리기 때문이다. 이어폰을 꼽는 것은 이미 귀에 착용하고 있는 보청기 때문에 불가능한 경우가 많다.

지하철에서도 마찬가지다. 노약자석에 앉아서 바로 옆 사람과 대화하면서도 반대쪽 좌석까지 쩌렁쩌렁 울리도록 큰 소리를 내는 이유는 교양 없이 늙어서라기보다는 본인들이 잘 안 들리기 때문이다. 생전 처음 보는 건너편 좌석 노인과 스스럼없이 대화를 나눌 수 있는 것은 나이가 들면 오지랖이 넓어진다거나 참견을 잘하는 성격으로 변해서라기보다는 상대의 주름살 속에, 희끗희끗한 머릿속에 어떤 인생이 담겨 있는지, 어떤 삶을 살아왔는지 서로 공감하기 때문이다.

나이가 들면 인상이 무서워지는 경우가 많다. 세상 불만이 많아 보인다. 젊은 사람들 위주로 돌아가는 세상에 뭔가 꾸짖고 싶은 일이 많아 보인다. 그러나 이유는 단순하다. 나이가 들수록 눈이 컴컴해져 더 잘 보려고 인상을 쓰다 보니 그렇게 주름이 굳어지며 무서운 인상이 되는 것이다.

영화 〈라이프 오브 파이〉에서 소년은 자신과 뗏목 위에서 몇 달을 함께 지낸 호랑이가 함께 무사히 구출되어 기뻐해야 마땅하지만 오히려 정반대의 감정을 느낀다. 다른 사람들은 맹수의 먹이가 되지 않고 살아남은 것이 기적이라 열광하지만 소년은 자신에게 눈길도 주지 않고 그냥 가버린 호랑이에게 서운함을 느낀다. 다른 사람은 도무지 소년의 감정을 이해할 수 없다.

인디언 속담에 '상대방을 이해하려면 그 사람의 신발을 신어보라'는 말이 있다. 신영복 교수의 말처럼 입장의 동일함이 전제되지 않으면 상대방을 이해하기 어렵다.

"나라면 저렇게 안 해"라고 내뱉은 말들이 메아리가 되어 허공을 떠돌다가 누군가를 통해 내 귀에 박힐 때 또 반성하게 된다. 함부로 판단하고 내뱉었던 수많은 말을…….

그거 하나
제대로 못해?

"밥만 먹고 공만 차는 놈들이 그거 하나 제대로 못 넣냐?
내가 해도 그것보단 낫겠다!"
축구 국가대표 경기를 보면서 아마 가장 많이 하는 말일 것이다.

"볼은 골라내고 스트라이크로 들어오는 공만 쳐내면 되는데
왜 그렇게 못 하는지 이해가 안 되네."
야구 경기를 보다 번번이 헛스윙으로 허공을 가르고
고개를 숙인 채 덕아웃으로 들어오는 선수를 보면서
다들 한마디씩 한다.

그라운드 안에서 뛰는 선수 외의 사람들은 모두
해설자이고 감독이다.
모두 자기 생각을 한마디씩 한다.
그러나 보기엔 쉬워 보여도 직접 해보면 결코 쉽지 않다.
남의 일에 함부로 개입하거나 평가해서는 안 될 일이다.
가장 답답한 사람들은 선수 본인들이다.

요즘은 다른 사람들의 인생을 들여다볼 기회가 많다.
"저 사람은 도대체 왜 저럴까?" 하며 답답해하기도 하고

화를 내기도 한다.

그러나 해설자의 입장에서는 진짜 이유를 알지 못한다.
나를 둘러싼 모든 사람도 내 삶의 해설자임을 알면
타인의 인생에 함부로 개입하는 것이
얼마나 신중해야 하는 일인지 알 수 있다.
가장 답답한 것은 본인이다.

내가 책을 읽는 이유

요즘 속도보다 방향이 중요하다는 말이 유행이다. 아마 거의 모든 자기계발서에 이 말이 포함되어 있는 것 같다.

과거 뱃사람들이 길을 잃지 않았던 것은 별을 보고 방향을 잡았기 때문이다. 그러나 날이 흐리거나 폭풍우가 거세 별이 보이지 않아 방향을 잃게 되면 큰일이었다. 노련한 뱃사람도 별이 보이지 않으면 방법이 없었다.

아무리 꼼꼼하게 계획을 짜고 준비를 해도 인생은 대부분 생각대로 흘러가지 않는다. 때론 길을 잃어 헤매기도 한다. 그러나 길을 잃어 미로를 한참 헤매다 우연히 찾은 출구가 오히려 지름길인 경우도 있다. 예측할 수 없어서 인생은 참 매력적이다. "뜻대로 되지 않아 더욱 설레는 음악과 인생"이라는 어느 뮤지션의 고백이 유난히 마음에 와 닿는다.

콜럼버스도 방향을 잃었다. 그런데 그가 방향을 잃지 않았다면 신대륙을 발견하지 못했을 수 있다. 그는 비록 방향을 잃었어도 균형을 잃지 않으려고 노력했다. 배에서 가장 중요한 것이 균형이다. 그래서

배에는 제일 무거운 것을 가장 아래에 놓고, 평형수를 채워 균형을 유지한다.

살면서 방향을 놓치는 경우를 많이 겪는다. 그러나 균형을 잘 잡고 있으면 언제든 방향을 다시 잡을 수 있음을 수없이 경험했다. 나한테 이런 균형을 잡게 하는 것은 독서였다. 어렸을 때부터 손에서 놓지 않았던 책들 덕분에 삶의 방향은 물론이고 더 중요한 균형을 잡을 수 있었던 것 같다. 지금도 중심을 잡아야 하는 상황이 생기면 책 속에서 답을 찾곤 한다. 1년에 몇 권을 읽는지는 별로 중요하지 않다. 단 한 권을 읽어도 그 속에서 인생의 의미를 찾을 수 있기 때문이다. 내가 책을 읽는 이유이다.

보여주기 위한 일기

대형서점 문구 코너에서 다이어리를 고르고 있었다. 옆에서 한 여학생이 이것저것 들여다보며 한참을 고르더니 예쁜 일기장을 하나 골라 계산대로 향했다. 그 모습이 참 예뻐 보였다. 나는 성인이 된 후 일기장을 사본 적이 없다.

내 오른손 중지 둘째 마디는 아직도 연필 자국이 움푹 나 있다. 초등학교 시절 날마다 써야 했던 일기, 특히 방학이 끝나갈 무렵이면 밀린 한 달 치 일기를 한꺼번에 쓰느라 며칠 밤을 새우다시피 쓴 일기 숙제 덕분이다.

학창 시절, 나는 그다지 기억나는 선생님이 없다. 그나마 기억나는 분이 초등학교 4학년 때 선생님이다. 선생님이 눈에 띄지 않고 조용하고 평범하기만 한 나를 예뻐해주었기 때문이다. 학기 초에 일기 숙제를 검사하더니 내게 상을 주었다. 이후 나는 선생님을 실망시키지 않기 위해 날마다 열심히 일기를 썼다. 내 일기는 하루를 마감하고 반성하며 내 느낌을 쓴 것이 아니라 보여주기 위한 것이었다. 선생님이 좋아하고 잘 썼다고 칭찬해줄 만한 일기를 쓰는 것이 목적이었다.

나는 어릴 적부터 대학생이 될 때까지 할머니와 함께 방을 썼기 때문에 혼자만의 공간을 가질 수 없었다. 게다가 두 여동생이 수시로 내 책상을 열어봤기 때문에 도무지 비밀을 간직할 수 없었다. 자고로 일기라 하면 자신만의 속마음을 털어놓기 위한 것인데 내 비밀 공간이 없고 언제라도 누가 볼 수 있기에 솔직한 일기를 쓸 수 없었다.

그 이후로도 나는 솔직한 마음을 풀어놓는 일기를 쓴 적이 없다. 쓰고 바로 태워버리지 않는 한 언제든 누군가가 볼 수 있기 때문이었다.

나는 지금 남들보다 글을 조금 더 많이 쓰며 살고 있지만, 여전히 내면의 나에게 이야기하는 일기를 쓰지 못하고 보여주기 위한 글을 주로 쓰고 있다. 아마 나는 죽을 때까지 나만을 위한, 내가 나에게 이야기하는 일기를 쓰지는 못할 것이다. 그래도 언젠가는 나도 예쁜 일기장을 사서 차곡차곡 나에게 편지를 쓰고 싶다. 그 어느 누구도 아닌 미래의 나에게 보여주기 위해서.

아무리 꼼꼼하게 계획을 짜고 준비를 해도
인생은 대부분 생각대로 흘러가지 않는다.
때론 길을 잃어 헤매기도 한다.
그러나 길을 잃어 미로를 한참 헤매다
우연히 찾은 출구가 오히려 지름길인 경우도 있다.

● ● ●

내가
책을 읽는 이유

남 탓이 가장 쉽다

결혼을 준비하다가 여자 친구와 크게 싸워 결국 파혼에 이른 후배가 찾아와 고민을 털어놨다. 혼수 때문에 양가 부모님끼리 자존심 싸움을 하더니 급기야 여자 친구도 자신의 부모님 편을 들며 따지고 들어서 그리됐단다. 그는 부모님과도 사이가 별로 좋지 않아 집에서 나와 따로 살고 있었다. 부모님과 도무지 맞지 않는다는 것이다.

공교롭게도 그는 회사에서도 안 좋은 일을 겪었다. 입사 동기 대부분이 매니저로 승진했지만 입사 초기 잘나갔던 자신은 모함과 시기를 받아 최근 고과도 좋지 않고 급기야 승진에서 누락되었단다. 그는 회사를 옮길 예정이라고 했다. 자신은 누구보다 열심히 사는데 왜 모두 자신을 힘들게 하는지 모르겠다고 속상해했다.

2001년에 개봉한 영화 〈금발이 너무해〉는 몇 번을 봐도 지루하지 않을 정도로 정말 사랑스러운 영화다. LA 출신의 엘 우즈리즈 위더스푼 분는 하버드 로스쿨에 진학하게 된 남자 친구로부터 결별 선언을 듣는다. 하버드 법대생에게 경박해 보이는 금발 여자 친구는 어울리지 않는다는 이유였다. 그러나 엘 우즈는 그가 유서 깊은 법률가 집안이라 자신과 맞지 않는다는 것, 서른 살에 상원위원이 되어야 하는데 그녀가 그만한 교양을 갖추지 못했다는 것, 한마디로 자신과 수준이 맞지 않는다는 것이 이유임을 잘 알고 있었다. 그런데 그녀는 낙심하기는커녕 자신도 하버드 법대에 진학함으로써 자신이 남자 친구에게 어울리는 존재임을 알려주기로 결심한다.

하버드에서도 그녀는 금발과 핑크로 상징되는 톡톡 튀는 패션 때문에 따돌림을 당하기 일쑤였다. 그러나 그녀는 주변 사람들을 자기편으로 만들고 이 모든 상황을 스스로 극복해낸다. 점점 주위 사람들로부터 인정받게 된 그녀가 하버드 졸업식에서 졸업생 대표로서 한 연설 마지막 말은 그래서 압권이다.

"We did it!"

이 장면은 트럼프 대통령이 어느 학교의 졸업식 연설문에서 비슷하게 따라 하고 심지어 마지막에 "I did it"으로 마친 것 때문에 더 유명해지기도 했다. 그에게는 전혀 어울리지 않았기 때문이다.

도무지 미워할 수 없는 리즈 위더스푼의 매력이 잘 드러나기도 했지만 이 영화를 볼 때마다 유쾌한 이유는 자신을 향한 사회 편견을 극복하고 스스로 자신의 가치를 찾아 나아가는 과정을 통해 사이다 같은 통쾌함을 선사하기 때문이다.

사회생활을 한다면 여러 문제를 겪는 것은 어쩌면 필연이다. 우리는 문제가 생기면 습관적으로 원인을 밖에서 찾는다. 사실, 힘든 일에

직면했을 때 취할 수 있는 가장 쉬운 행동은 남 탓으로 돌리는 것이다. "문제의 원인을 가장 먼저 너 자신에게서 찾아봐"라는 조언이 귀에 들어올 리 없다.

내가 알고 있는 사람 대부분은 생각과 의사결정에서 자기 자신은 무척 객관적이라고 여긴다. 그러나 그런 생각조차도 주관적인 것이다. 감정이 있는 인간인지라 완전히 객관적이기는 어렵다. 그 사실을 인정하는 것이 조금이라도 객관적인 사람이 되는 시발점이다.

무 자르듯 정확히 숫자로 나눌 수는 없지만 일단 문제의 원인이 남에게 절반, 내게 절반이 있다고 가정하자. 여기서 남 때문에 벌어지는 일은 사실 컨트롤이 불가능하다. 그런데 우리는 남 탓만 하고 있으니 도무지 상황이 나아지지 않는다. 우선 컨트롤 가능한 내 문제를 해결해야 그나마 절반이라도 나아질 수 있는 것이다. 그래야 자신이 더 노력해서 하버드 법대를 가든, 더 멋진 남자 친구를 찾든 방법이 보일 것이다.

내게 상담을 했던 후배가 승진하지 못할 것을 나는 알고 있었다. 그의 상사가 마침 내 친구였는데, 그 후배가 모함을 받아서라기보다 본인 스스로 더 많은 문제를 안고 있다 말해줬기 때문이다. 게다가 더 치명적인 것은 늘 불평불만을 터뜨려 조직에도 부정적인 영향을 미치고 있었던 것이다.

'내게 어떤 문제가 있는가?'를 자문하는 것이 문제를 해결하는 가장 현실적이고 합리적인 해결의 시작이다. 그런데 그게 참 어렵다.

하루 몇 시간 주무세요?

"작가님은 하루 몇 시간 주무세요?"
"하루 시간관리는 어떻게 하시나요?"

평범하게 직장에 다니면서 틈틈이 책을 쓰고 여러 과외 활동도 열심히 하려고 노력하는 나를 보고 시간관리를 어떻게 하는지 궁금해하는 이가 많다.
《아침형 인간》에 이어 《미라클모닝》, 《아침 5시의 기적》 등 새벽 시간을 알차게 보내는 것에 관한 책들이 여전히 많은 사람에게 큰 영향을 미치고 있다. 새벽에는 머리가 맑고 집중도 잘된다. 새벽부터 남들보다 일찍 하루를 시작하는 사람들을 존경하지만 나는 전형적인 올빼미 스타일의 저녁형 인간이다.

시간관리에 대한 관심이 많은 것은 좋은 일이지만, 기본 개념부터 새로 정립했으면 한다.
사실 시간관리에서 가장 중요한 점은, 일찍 일어나 남들보다 오랜 시간 깨어 있는 것이나 많은 시간을 확보하는 것보다 남는 시간에 무엇을 하는가이다. 절대적인 시간 확보보다 깨어 있는 시간을 얼마나 효율적으로 잘 관리하는지가 핵심이다. 그러기 위해서는 우선순위를 잘 세우는 것이 가장 중요하다.

시간관리만 놓고 보면 SNS도 하지 말아야 한다. 그러나 나는 최소한의 SNS를 포기하지 않고 있다. 시간관리보다 어쩌면 더 중요한 마음관리 중이기 때문이다. 주어진 모든 자원과 시간을 어떻게 사용하는지가 물리적인 시간보다 더 중요하다.

메모광

내가 중학생 때 국어 교과서에는 피천득의 〈인연〉, 계용묵의 〈구두〉, 이효석의 〈낙엽을 태우며〉 등 한국 문학을 대표하는 작가들의 좋은 수필이 많이 소개되어 있었다. 수업 시간에는 국어 선생님이 본문을 먼저 읽은 후 수업을 진행했다. 선생님의 낭독을 들으면서, 눈으로 본문을 읽었던 내용들이 아직도 대부분 기억나는 것은 한국문학사에서 중요한 역할을 한 작가들의 명작이었기 때문이다. 그때 중3 국어 교과서에 소개되었던 작품 중 기자 출신 작가 이하윤의 〈메모광〉이라는 작품이 있었다. 자칭 메모광이라고 부르는 나의 메모 습관도 이하윤 선생이 메모광이 된 이유와 비슷하다. 너무 잘 잊어먹기 때문이다.

내 가방, 양복, 차 안에는 항상 메모지와 볼펜이 있다. 좋은 생각이 떠올라도 생각이라는 녀석은 알코올보다 휘발성이 더 강해서 길을 가다가 '저 신호등만 지나서 정리해야지'라고 생각했거나, 하필 그때 누가 길을 물어보거나, 잠시 전화가 와서 짧은 통화를 끝내면 어김없이 날아가버리기 일쑤다. 요즘은 그나마 스마트폰의 메모 기능을 활용하면 되지만, 스마트폰을 꺼내어 비밀번호 패턴을 입력하고 메모장을 여는 동안 메모하려던 내용을 잊어먹는 일도 부지기수다. 내용은 도무지 기억나지 않지만 '정말 좋은 생각이었어'라는 사실만 생각날 때는 얼마나 약이 오르는지 모른다.

내 잠자리 옆에는 늘 포스트잇과 볼펜이 비치되어 있다. 직장 초년병 시절부터 생긴 버릇 때문이다. 재무팀에서 근무하다가 경영혁신을 담당하게 되어서 다른 직원들의 업무 개선 프로젝트를 지도하는 역할을 하게 되었다. 프로젝트는 주로 담당 직원들이 진행하지만 날것의 데이터를 모아서 통계 툴을 이용하여 의미 있는 내용으로 전환하거나, 길을 찾지 못하고 벽에 맞닥뜨리거나, 창의적인 해결책이 요구될 때 내가 해결책을 제공해줘야 하는 입장이었다.

연말이 다가와 무려 10여 개의 프로젝트를 동시에 끝내야 해서 시간도 정신도 없었을 때 나는 신기하게도 꿈속에서 해결 방법을 찾은 적이 많았다.

그때부터 지금까지 나는 현실 속에서 고민하는 답을 꿈속에서 얻는 경우가 많은데, 요즘은 주로 막혀 있던 글의 활로를 찾거나 새로운 글감을 얻는 데 도움을 얻는다. 꿈이라는 것은 내 기억의 파편 속에 자리 잡고 있다가 서로는 본 적도, 알 수도 없는 내 지인들이 총출연하여 하나의 작품을 만들어낸다. 작품성도 형편없고 내용도 허접하고, 앞뒤도 안 맞지만 심지어 여러 날 거쳐 반복해서 비슷한 내용의 꿈을 꾸기도 한다. '아, 이 내용은 글 쓸 때 반영해야겠네'라고 생각하고 잠에서 깨지만 세수하고 아침 먹고 책상에 앉으면 거짓말처럼 하나도 기억나지 않는다. 그래서 자다가 얼핏 깨어났을 때 바로 손만 뻗으면 닿는 포스트잇에 휘갈기듯 핵심 단어라도 적어놓는다. 아침에 깨어 맑은 정신으로 보면 그마저도 무슨 뜻인지, 어떤 생각으로 적었는지 모르겠고, 심지어 글씨를 알아보기 힘든 경우도 많지만 의외로 고민하던 내용의 활로를 찾거나 창의적인 답을 얻는 경우도 많다.

아내는 잠을 깊게 못 자고 걱정이 많아서 그렇다고 하지만 나는 날마다 메모의 힘을 몸으로 경험한다. 기억력이 전보다 못하다고 느낄수록 더 그렇다. 요즘은 메모한 사실조차 잊어버려서 나중에 우연히 발견했을 때 '맞아, 이런 내용을 메모했었지'라고 깜짝 놀랄 때도 많다. 나는 아마 내 인생 끝까지 이 메모 습관을 버리지 못할 것 같다.

책상이든, 책이든, 가방 속이든 정신없이 붙어 있는 포스트잇과 메모지들이 한참의 시간이 지나 한 권의 책으로 나오는 매력을 맛보아 알고 있는데 어찌 메모 습관을 포기할 수 있겠는가 말이다.

젊게 나이 드는 것

은퇴할 나이가 훨씬 지났는데도 여전히 활발하게 활동하는 사람들이 있다. 그들의 공통점은 한결같이 '젊어 보인다'는 것이다. 늘 즐겁게 일하니 젊게 보이는 것일 수도 있고, 오래도록 일하기 위해 자신을 잘 관리했기 때문일 수도 있다. 나는 후자의 경우가 더 현실적이라고 생각한다. 자기관리를 철저히 해서 젊게 나이 드는 것이다.

실제 나이가 들어서도 왕성하게 활동하는 이들은 우선 매우 건강하다. 바쁘다는 핑계로 자신의 몸을 혹사하는 것이 아니라 건강을 유지하기 위해 운동, 식사, 휴식, 취미생활 등을 꾸준히 하고 있다.

또한 세상을 오래 살면서 터득한 지혜를 적재적소에 꺼내놓는다. 나이가 들면 방금 들은 것도 생각이 안 날 정도로 기억력이 감퇴하고 건망증이 심해지는 게 일반적인데, 그들은 평소 정신건강과 지적 능력을 증진시키기 위한 활동을 통해 지력을 잘 관리하고 있는 것이다. 평생 삶을 통해 깨우친 지혜를 적재적소에 꺼내놓을 수만 있어도 후배들에게 좋은 영향을 주고 존경도 받을 수 있을 것이다. 영화 〈인턴〉에 나오는 로버트 드 니로처럼 말이다. 그러면서도 말이 많아지는 것은 금물이다.

내게 당장 필요한 것은 건강관리이다. 마흔을 넘어서면서부터는 하루가 다르게 몸의 각종 세포가 노화됨을 느낀다. 헬스클럽에서는 나보다 훨씬 나이가 많은데도 더 열심히 운동하는 어르신들을 많이 만날 수 있다. 그들의 공통점은 먼저 인사하고, 작은 일에도 활짝 웃으면서, '먼저 하세요'라는 양보가 몸에 배어 있다는 사실이다.

젊게 나이 들기 위한 자기관리는 젊을 때 시작해야 한다. 정답은 지금이다.

나에게 맞는 옷

동창회에서 한 친구가 재미있는 경험을 이야기해줬다.

"일전에 내 돈으로는 차마 살 수 없는 고가의 명품 넥타이를 선물받았어. 그런데 그 넥타이에 맞는 셔츠가 없더라고. 그래서 셔츠를 샀더니 거기에 어울리는 양복이 있으면 좋겠는 거야. 그래서 아내를 졸라서 양복을 하나 새로 맞췄지. 그랬더니 그 양복 색깔에 맞는 벨트와 구두도 필요하더라고. 결국 서류가방도 새로 샀지."

"인마! 그러다가 네 옷차림에 맞는 고급 차도 필요하고, 차에 어울리는 고급 아파트도 사야 하는 거 아냐?"

내가 학교에 다닐 때만 해도 옷차림만 보면 집이 부자인지 아닌지 금방 알 수 있었다. 부잣집 애들에게서는 살짝 지나쳐도 좋은 향기가 났다. 섬유유연제 때문인 것을 한참 후에야 알았다. 연예인도 옷차림과 헤어스타일이 달라 일반인과 같이 있으면 금방 티가 났다. 요즘은 일반인도 연예인처럼 잘 가꾸고 다녀서 구분이 잘 안 되긴 하지만!

생활수준이 높아지면서 자신을 가꾸는 일에도 관심이 많아졌다. 먹고사는 걱정을 넘어서 어떻게 더 나를 잘 표현하고 나다운 삶을

살 수 있을지 고민하는 것이 일반화되면서 자신을 꾸미는 일에도 열심이다.

해외여행을 가보면 가장 패션 센스가 뛰어난 사람들이 한국 여성들이다. 내 개인적인 생각이지만 중국, 일본 여성들은 면 티셔츠와 청바지 하나를 입어도 멋들어진 한국 여성들의 패션 센스를 따라오지 못하는 것 같다. 스쳐 지나가더라도 옷차림만 보면 한국 여성들은 금방 알아챌 수 있다. 그러다 보니 명품과 고가의 화장품에 대한 소비가 소득수준 대비 매우 높아졌다.

남들보다 유독 패션 감각이 뛰어난 중견 탤런트가 있다. 예순이 넘은 그의 패션 감각은 젊은 사람들도 인정한다. 그의 옷은 수십 년 후배들이 입어도 전혀 이상하지 않다.

"다들 나보고 패션 감각이 뛰어나다고 합니다. 나이보다 이십 년은 젊어 보인다고들 해요. 그런데 정작 자신들은 그렇게 입지 않더군요."

그는 자신이 옷차림에 특히 신경 쓰는 이유를 설명했다.

"사실 남들에게 멋있게 보이려는 의도보다는, 이렇게라도 차별화해서 사람들이 내 이름을 오래도록 기억하게 하고 싶은 것이 솔직한 마음입니다. 사실, 나도 자기 나이에 맞는 옷이 가장 어울린다고 생각해요."

자신에게 맞는 옷과 액세서리로 한껏 멋을 내면 자신감도 생기고 보는 사람의 눈도 즐겁다. 그러나 남들 눈을 너무 의식한 나머지 자신에게 맞지도 않는 옷을 마련하고는 오히려 거기에 몸을 맞추려 허덕이며 사는 경우도 많은 것 같다. 눈에 띄는 게 좋은 것이 아니라 주위와 잘 어울려야 좋은 것이다. 자연과 잘 어우러지는 전통 양식의 한옥들처럼 말이다. 하얀 설산에 새빨간 단풍나무 하나 삐죽 서 있으면 얼마나 어색하겠는가.

정답은 지금이다

여행은 가슴이 떨릴 때 떠나야지 다리가 떨릴 때는 늦는다.
고백은 가슴이 떨릴 때 해야지 꾸물거리다간 평생 가슴을 치며
후회할 수 있다.
커피는 가슴이 떨릴 때 마셔야지 심장이 떨릴 때 마시면 위험하다.
선행은 가슴이 떨릴 때 베풀어야지 손이 덜덜 떨릴 때는 너무 늦는다.
가슴이 떨릴 때가 가슴이 시킬 때다.
정답은 지금이다.

존재하지 않는 시간

아무리 고대하고 기다려도 결코 오지 않는 시간이 있다. 그 시간은 '언젠가'이다. 이 시간은 늘 마음속에만 존재한다.

'나중에 시간 있으면 할 거야' 혹은 '언젠가 꼭 해야지'라는 생각은 결국 하지 않겠다는 뜻이다. 이미 여러 번의 경험을 통해서 잘 안다. 스스로에게 벌써 여러 번 속았기 때문이다.

특히 미루어서는 안 될 일이 있다. 나 자신, 나의 내면을 가꾸는 일이다. 이 일은 자투리시간을 이용하거나 잠깐 짬을 내서는 결코 할 수 있는 일이 아니다. 큰 결단이 필요하다.

우리는 스스로를 조금 더 소중히 여겨야 한다.

정답은 지금이다.

거절당한다는 것

"어떤 직업을 가지고 싶니?"

"구체적으로 생각해보지는 않았지만 거절당하는 일이 적은 직업을 가지고 싶어요. 저는 거절당하는 게 너무너무 싫거든요."

졸업반이 되어 취업을 앞둔 한 학생에게 진로 상담을 해주는 중이었다.

거절을 많이 당해야 하는 직업이 있다. 나도 그 학생처럼 거절당하는 것이 죽기보다 싫어서 작은 부탁조차 쉽게 하지 못하기 때문에 그 마음을 잘 이해할 수 있었다.

이유야 어떻든 거절을 당하는 순간 한없이 비참해지고 쥐구멍에라도 들어가고 싶은 심정이 된다. 한 번 보면 그만인 잘 모르는 사이야 그렇다 쳐도 잘 아는 사이에 당하는 거절은 충격이 더 크다. 그러나 재미있는 것은 거절도 자꾸 경험하면 조금씩 익숙해진다는 것이다. 처음에는 잠도 못 이룰 정도로 수치스럽고 분하지만 거절당하는 경험이 쌓일수록 전보다 덜 화나고 덜 창피하게 된다. 심지어 거절할 수밖에 없는 상대방의 상황을 이해하는 경지에 이른다.

거절당하지 않고 살 수는 없다. 거절당하는 일 없이 사회생활을 하는 것은 불가능하다. 그러니 빨리 익숙해지는 것이 더 유익하지 않겠는가.

연말이면 보험왕, 자동차판매왕 등 각 회사의 판매왕들이 매스컴을 장식한다. 그러나 그들의 화려함 이면에 중요한 사실이 숨어 있다. 그들은 가장 거절을 많이 당하는 사람들이라는 사실이다. 세상에 공짜 점심은 없는 법이다.

그래도 남은 인생에는 수줍게 부탁해오는 수많은 부탁을 가능하면 거절하지 않고 다 들어주며 살고 싶다.

진정한 꿈은

좀처럼 깊이 잠들지 못하고 뒤척이다가 새벽 미명을 맞는 일이 잦아졌다. 밤새 뒤척이는 선잠 중에 떠올랐던 생각들과 기억나지 않는 꿈들을 글로 옮길 수만 있다면 엄청난 문학 작품이 나올 것이다.

눈을 뜨는 순간 새벽안개처럼 끝 모를 바다 저편으로 사라져버리는 기억의 조각을 붙잡으려 애쓰지만 부질없다. 정작 내용은 하나도 생각나지 않고 '참 좋은 생각'이었다는 사실만 머릿속을 맴도니 약이 오른다.

이런 날은 잠을 잤다기보다는《이상한 나라의 앨리스》의 주인공이 되어 밤새 긴 여행을 다녀온 것 같아 아침에 눈을 뜬 후에도 가슴이 두근거린다. 현실로 돌아온 것이 아쉽기도 하고 다행이기도 한 아침이다.

현실을 향해 몸을 일으키고 눈곱을 떼며 일어나는 것은 꿈에서 깨어나는 것이 아니라 인생의 꿈을 위한 새로운 하루 속으로 들어가는 것이리라. 그래서 숙면을 취했건 그렇지 못했건 아침마다 잠에서 깬

나는 거울을 보며 미소를 짓는다.

"오늘 하루를 또 선물로 받았으니 열심히 살아보자!"

진정한 꿈은 눈을 뜨면서부터 시작된다. 잠을 자는 사람은 꿈을 꾸고, 눈을 뜨는 사람은 꿈을 이룰 수 있다고 하지 않았는가.

헬스클럽에서

마치 대학이 전부인 것처럼 모든 욕구를 꾹꾹 억누르고 10대를 보내지만 정작 대학에 입학하면 생각과 많이 다른 것을 깨닫는다. 그러면서 불만 가득한 20대를 보내고, 안락한 듯 불안한 30대를 보내며, 세상 일이 내 맘대로 되지 않음을 깨달으며 안타까운 40대를 보낸다. 그리고 조금은 세상의 이치를 깨달은 듯하며 하나둘 내려놓기 시작하는 50대를 보낸 후 60대가 되면 '인생은 육십부터'라며 재기를 꿈꾸지만 이미 몸도 마음도 예전 같지 않음을 깨닫는다.

100세 인생 시대를 살고 있지만 100세까지 사는 게 결코 모든 이에게 축복은 아닐 것이다. 아흔아홉까지 팔팔하게 살고 이삼일 앓다가 죽는다는 '구구팔팔이삼사'라는 말이 유행했지만, 건강 백세시대를 살려면 '구구팔팔이삼일', 즉 아흔아홉까지 팔팔하게 살고 이삼일 앓다가 다시 일어날 수 있어야 한다.

사실, 나이가 들면서 점점 생각도 늙어가는 것을 느낀다. 나는 몸의 건강만큼 젊은 생각을 유지하는 것도 중요하다고 생각한다. 그리고 몸이 건강하지 않으면 생각도 건강하기 어렵다는 것을 느낀다.

나는 몸도 생각도 건강한 사람이 되고 싶어 오늘도 헬스클럽에 가 열심히 운동을 하고 왔다. 땀을 뻘뻘 흘리며 스쿼트를 하고 아령이며 바벨을 드는 것은 다름 아닌 내 남은 인생을 들어 올리는 것이다. 자세히 보니 운동을 하는 이들이 대부분 나보다 나이가 많다. 그리고 건강해 보인다. 몸도 건강하고 생각도 건강하게 나이 들어가고 싶다.

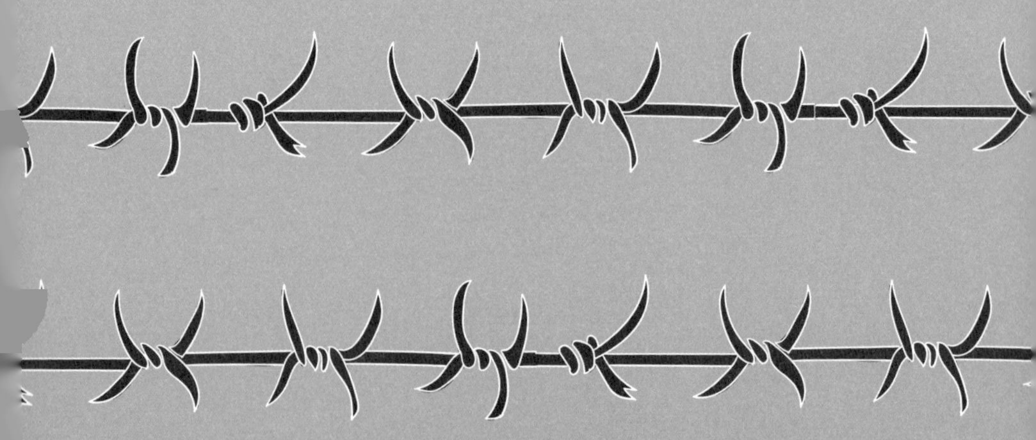

진정한 꿈은
눈을 뜨면서부터 시작된다.
잠을 자는 사람은 꿈을 꾸고,
눈을 뜨는 사람은
꿈을 이룰 수 있다고
하지 않았는가.

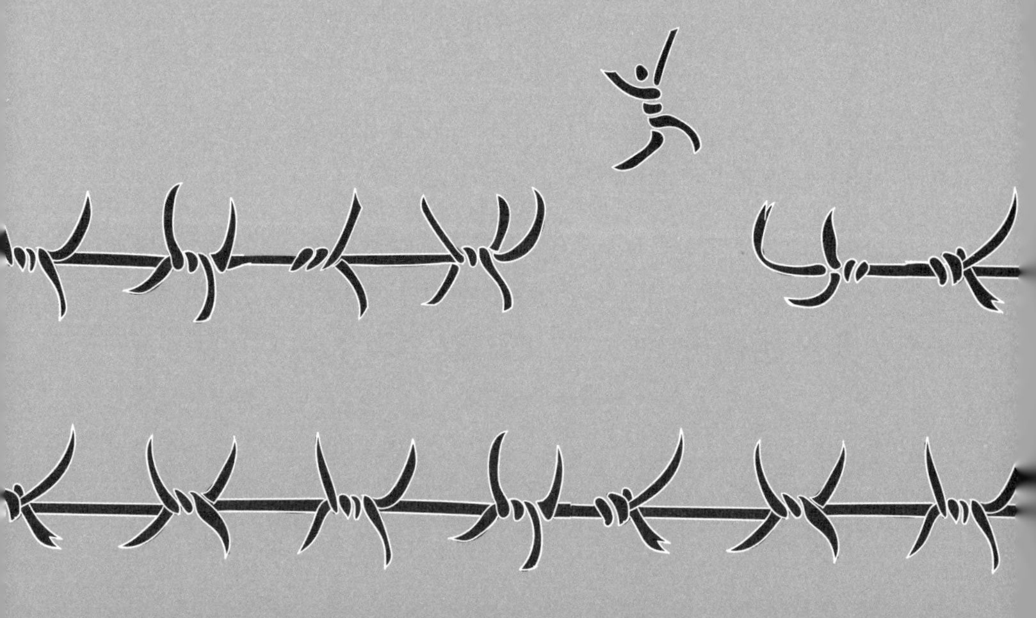

과거로 돌아갈 수 있다면

"과거로 돌아갈 수 있다면 무엇을 하고 싶어?"

어느 날 문득 친구가 물었다. 뜬금없는 질문이었지만 사실 나도 타임머신에 대한 동경을 지녔던 어린 시절부터 가끔 해보던 생각이다. 30년도 더 된 영화 〈백 투 더 퓨처〉를 지금까지 몇 번이고 열광하며 본 이유이기도 하다.

"글쎄…… S전자 주식을 사지 않을까? 빚을 내서라도 강남에 아파트도 사고, 학교나 전공도 아마 다른 것을 선택했을 것 같고, 직장도 아마 다른 회사를 선택했을 것 같은데……."

어느 날 우디 앨런의 영화 《미드나잇 인 파리》를 보고는 살짝 놀랐다. 아니 솔직히 말하면 얼굴이 발그레해질 정도로 부끄러웠다.

영화 속에서 잘나가는 시나리오 작가 길 펜더는 우연히 1920년대 파리로 돌아가 당대의 예술가들을 만난다. 예술과 사랑을 줄타기하듯 넘나들며 등장하는 인물들이 《위대한 개츠비》, 《벤저민 버튼의 시간은 거꾸로 간다》로 유명한 스콧 피츠제럴드를 비롯해 어니스트 헤밍웨이, 살바도르 달리, 거트루드 스타인, 그리고 피카소 등이다. 영화에서는 과거로 돌아가서 볼 수 있는 가장 큰 가치는 바로 예술과 사랑이라고 말했다. 나는 다 '돈', '부' 이런 것들이었는데…….

주인공이 시간을 거슬러 과거로 돌아간다는 설정의 또 다른 영화 〈어바웃 타임〉에서도 시간을 거스르는 동인이 되는 키워드는 '사랑'과 '가족'이었다.

과거로 돌아갈 수 있다면 부자가 되는 방법이 가장 궁금했던 나는 이 영화들을 보며 마음속으로 열등감을 느꼈다. 속물적인 생각으로 가득한 내 머릿속이 한심해지기도 했다. 그래도 만일 과거로 돌아간다면 S전자 주식은 꼭 살 것 같다.

오래전 오스트리아의 빈에 들른 적이 있다. 가는 곳마다 유적지이자 관광지인 이 아름다운 도시에서 내게 가장 인상 깊었던 장소는 오페라하우스도, 쇤브룬 궁전도 아닌 중앙묘지 32구역이었다. 베토벤, 슈베르트, 요한 슈트라우스, 브람스 등의 무덤과 함께 시신을 찾지 못해 대신 세워놓은 모차르트 기념비가 동그랗게 모여 있는 장소이다. 인류 역사상 가장 위대한 음악가들의 무덤을 손에 닿을 곳에 모아놓은 그곳 한가운데 서서 말로 표현하기 힘든 감흥을 느꼈다. 문득 궁금해진다. 지금은 일부러 비행기를 타고 위대한 예술가들의 무덤을 찾아가 묘비를 어루만지고 사진도 찍으며 감동을 느끼지만 당대에 살았다면 내 사비를 털어 그들의 공연을 보러 갔을까?

'과거로 돌아가면 무엇을 하고 싶냐고? 그것은 단지 영화 속 이야기일 뿐이야!'라고 스스로 위로할 수는 있겠으나, 아주 오랜 시간이 지난 후에 다시 같은 질문을 받는다면 나는 뭐라고 대답할 수 있을까.

그 대답은 아마 내가 지금 어떤 일들에 가치를 두고 어떻게 사는가에 따라 달라질 것이다.

토끼와 거북이

세상은 경주 도중에 잠을 자다가 거북이에게 진 토끼를 비난한다. 그러나 잠깐 잠을 청했다가 거북이에게 승리를 경험하게 해준 토끼가 없었다면 세상의 거북이들이 용기를 얻을 수 있었을까. 인생의 수많은 경주를 이기고 단 한 번 실수한 토끼를 실패자라고 부를 수 있을까. 어쩌면 토끼는 거북이에게 용기를 주기 위해 일부러 자는 척한 것은 아니었을까.

시간이 흐를수록 과정은 무시한 채 더욱 승자와 패자를 가르고 최종 승리만 가치 있는 것으로 받아들여지는 것 같아 안타깝다. 게으른 토끼에 비해 쉬지 않고 열심히 경주한 거북이는 칭찬받아 마땅하지만 세상을 승자와 패자라는 이분법으로 보는 관점 때문에 우리는 팔자에도 없는 경주에 내몰리고 있는 것은 아닌지 모르겠다.

올림픽에서 메달을 딴 선수에게는 온갖 찬사가 쏟아지지만 4위를 차지한 선수는 실패한 것처럼 푸대접하는 것은 너무 가혹하다. 그동안 흘린 땀이 1위를 한 선수보다 적다고 단정할 수 없기 때문이다. 골프처럼 1등은 많은 상금을, 꼴찌는 적은 상금을 나눠주는 게 더 인간적인 것 같다.

베짱이가 악기를 연주하며 열심히 흥을 돋우었기 때문에 개미들이 여름 내내 지치지 않고 땀 흘리며 일할 수 있었다고 생각하면 어떨까? 베짱이에게는 그게 자신의 일이었다고 말이다. 오히려 그런 베짱이에게 감사하고 추운 겨울에 선뜻 식량을 내주는 개미를 상상하는 것은 너무 순진하고 황당한 생각일까.

사람마다 재능과 걸어가는 길이 다르다. 요즘은 내가 직업을 선택할 때보다 직업의 수가 몇 배는 더 다양해졌다. 그러나 1등만 기억하는 문화는 전보다 더 한 것 같다. 열심히 공부해도 수능 2등급 중 1등은 1등급 꼴찌보다 평생 뒤처지게 만드는 구조는 아무리 생각해도 너무 비합리적이고 비인간적이다. 사실 바로 한 등수 차이인데도 말이다.

열심히 경주한 거북이와 쉬지 않고 일한 개미는 칭찬받아 마땅하다. 그러나 경주와 일 외에 자신의 적성과 창의력을 더 잘 발휘할 수 있는 분야에서 열심히 일해도 잘 살아갈 수 있는 사회가 되면 좋겠다. 그게 우리가 아이들에게 물려줘야 할 사회 아닐까.

스토리텔링

몇 해 전, 한 출판사에서 출간 관련 미팅을 했다. 편집장, 편집자와 함께 한참 회의를 하는데 어디서 많이 본 듯한 사람이 지나갔다. 직접 아는 이는 아니었지만 누군지 금방 알 수 있었다. 따스하고 울림 있는 작품으로 당시 내놓은 책이 엄청나게 많이 팔린 그야말로 슈퍼 베스트셀러 작가였다. 나 역시 그의 책을 읽고 많은 감동을 받은 터였다.

"저분이랑 작업하면 좋으시겠어요."
"왜요?"
"저분 책을 읽어봤는데 마음도 따스하고 상대방도 잘 배려하실 것 같아요."

그랬더니 내 앞에 앉아 있던 편집자들이 서로 눈을 맞추고 피식 웃었다. 그 뜻은 내 말이 실은 사실이 아니라는 신호였다.
"기자 출신이라 그런지 저분은 독자들이 어떤 글을 좋아하는지 잘 아시는 것 같아요. 워낙에 스토리텔링에 관해서는 출중하시니까요. 요즘 책은 장르를 막론하고 스토리텔링이 받쳐주지 않으면 독자들에게 사랑받기 어렵지요. 그런데 솔직히 말하면 같이 작업하는 입장에서는 조금 기피하는 분이에요. 맞춰드리면서 소통하기 많이 힘들거든요."

나는 제법 충격을 받았다. 일종의 배신감이랄까. 그렇게 좋은 글을 쓴 분은 분명 글 내용처럼 좋은 사람이어야 했다. 하긴, 극중 역할에 따라 자신을 맞추는 배우들처럼 그 작가도 직업으로서의 자신에 충실했던 것이라면 뭐라 말할 게 못 되지만 그저 내가 너무 순진했구나, 라고 자책할 수밖에…….

"빨리 씻고 자야 할 시간 아니니? 내일 학교 가야지."

"이것 좀 보고. 지금 막 개콘 시작했거든."

"개콘을 아직도 해? 한참 재미없지 않았어?"

"응, 그런데 요즘은 다시 재미있어졌어."

나도 오랜만에 아들과 함께 앉아 〈개그콘서트〉를 시청했다. 〈개그콘서트〉가 우리 사회에 미친 영향은 적지 않다. 주말을 마감하고 공포의 월요일을 맞이해야 하는 사람들로 하여금 일요일 밤에 그나마 웃으며 긴장을 풀고 잠자리에 들 수 있게 해주었기 때문이다. 한참 열광하며 보던 때만큼은 아니었지만 생각보다 재미있었다. 그 프로그램을 떠났던 선배 개그맨들이 다시 돌아왔기 때문이다. 처음 보는 신인 개그맨들이 얼굴을 어색하게 망가뜨리고, 맥락도 없이 엉성하게 넘어지기를 반복하며, 의미 없는 말을 되풀이하여 유행어 하나 만들려고 애쓰는 수준은 아닌 것 같았다. 다시 돌아온 선배 개그맨들의 연기는 역시 우수했다. 그리고 무엇보다 코너마다 이야기가 있었다. 아무리 개그 프로그램이라고 해도 역시 스토리텔링이 가미되니 몰입하고 공감하며 볼 수 있었다.

한국에 사는 유쾌한 영국인 글쟁이 팀 알퍼가 쓴《우리 옆집에 영국 남자가 산다》를 보면 무릎을 탁 치며 "정말 그래!"라고 할 만한 한국 이야기가 많이 나온다. 한국 사람인 나보다 한국을 더 잘 파악하고 있다는 생각이 들 정도다. 그는 이 책에서 우리나라와 영국의 코미디에 대해 재미있는 분석을 했다. 원래 개그란 '농담'이라는 의미에 더 가까운 용어로 영국 코미디언들은 이야기를 풀어놓는 스타일인데 비해 '개그맨'이라 불리는 한국 코미디언들의 개그는 주로 외모 비하나 '몸개그'로 이루어진다고 했다. 광대가 하는 일처럼 과장되고 시끄러우며 무례하게 굴면서, 정상적이고 예의 바른 사회의 경계선 바깥으로 나간다는 것이다. 한 이방인의 눈에 비친 모습을 예로 들면서 우리나라 코미디 수준을 이렇다 저렇다 정의하는 것은 무리인 줄 알지만, 〈개그콘서트〉도 오나미, 김민경, 유민상, 박휘순의 외모 비하에서 벗어나 스토리텔링을 개발하지 않으면 곧 시청자들로부터 외면받을 것은 피할 수 없지 싶다.

요즘은 책으로 얻지 못하는 감동과 깨달음을 SNS의 짧은 글을 통해 대신 얻는 경우가 많다. 일상 속의 짧은 글과 표현을 읽다가 웃기도 하고 훅 하니 감동을 받아 눈물을 흘리기도 한다. 전문 작가들은 아니지만 그들의 인생을 관통하는 솔직한 이야기들에는 어김없이 스토리텔링이 녹아 있기 때문이다. 그런 의미에서 각자의 인생을 성실하게 살아내고 있는 우리는 모두가 고유한 스토리텔링을 지니고 있는 작가들이다.

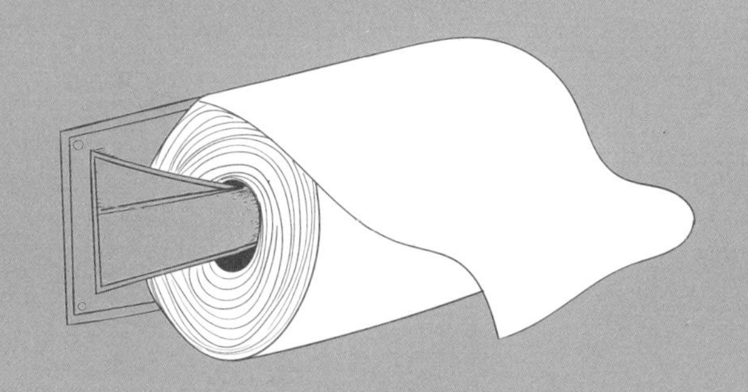

스토리텔링

인생을 관통하는
솔직한 이야기

도대체 행복할 시간이 없다

지나온 날은 후회로 가득하고
다가올 미래는 걱정이 앞서니
행복할 시간은 지금밖에 없다.

행복이 행복인 줄 알아채지 못해 후회로 남고
앞으로는 어떻게 행복해질까 걱정으로 또 하루를 흘려보내는 나는
지금 행복을 저당 잡히고 살고 있는 것은 아닐까.

성공한 인생이 행복한 삶이 아니라
행복한 인생이 성공한 삶이라는 것을
내 머리는 잘 알고 있다.

두 손으로 움켜쥐어도 손가락 사이로 빠져나가는 바닷물처럼
오늘이 어제가 되는 시간들을 보내며
그 속도를 따라갈 수 없어 겁이 나는 요즘
지나온 날을 돌아보며 잘했다 스스로 쓰다듬고
다가올 미래는 걱정보다 새로운 하루에 대한 희망을 품으면
지금 내 앞에 놓인 행복을 누릴 수 있을까.
지구 반대편으로 사라지는 저 태양을 보며
조금 덜 아쉬워할 수 있을까.

억지로 되는 게 아니야

나이가 들수록 내시경으로 속을 찍으면 숯처럼 새까맣게 나올 것 같은 느낌이 들 정도로 한숨 속에 보내는 날이 많아진다. 그럴 때는 한적한 곳을 찾아 분주해진 마음을 잠시 쉬면서 생각을 정리하곤 한다. 몰랐던 나의 진심을 낯선 환경에서는 알 수 있을 것 같기 때문이다. 아무도 없는 곳에서는 내 마음과 솔직한 대화를 나눌 수 있을 것 같기 때문이다.

'사람 소음도 없고 멋진 자연 속에 있으니 이제 근사한 답을 말해봐. 결론이 뭐지? 어떻게 하면 긴 방황을 끝낼 수 있는가 말이야.'

그런데 생각이 정리되기도 하지만 꼬리에 꼬리를 물면서 마음이 더 분주해지기도 한다.

뭔가 깨달아야 할 것 같고 근사한 결론을 내려야 할 것 같아 마음이 조급해지고 계속 스스로를 다그치게 된다.

억지로 마음을 몰아세우니 결론은커녕 좀처럼 정리되지 않는 생각에 불안한 마음만 더해간다. 시간이 지날수록 조급해져 한꺼번에 커피를 많이 마신 것처럼, 처음 연애라는 것을 시작할 때처럼 심장은 불규칙하게 나댄다.

오히려 생각의 끈을 끊고, 아무 생각 없이 산책하다가 들판의 이름 모를 야생화를 만났을 때, 누군가가 정성스레 쌓아놓은 작은 돌탑을 볼 때, 지는 해를 배경으로 다정하게 손잡고 산책하는 노부부를 볼 때 감동과 함께 실마리를 찾기도 한다. 이런 감동이 새로운 생각을 가능하게 한다.

생각의 끈을 끊는 그 순간 전혀 기대하지도 의도하지도 않은 곳에서 새로운 생각이 시작된다. 가끔은 마음도, 생각도 쉬게 할 필요가 있다.

어떤 영화를 좋아하세요?

"작가님은 어떤 영화를 좋아하세요?"

한 모임에서 만난 분이 내게 물었다.

"팔월의 크리스마스요."

"어머 정말요? 저도 그래요. 전 허진호 감독님 영화 다 좋아해요. 봄날은 간다도 마찬가지구요."

영화에 대한 기호가 비슷함을 확인할수록, 대화가 진행되며 공통점을 발견할수록 그분에게 더 친근감이 느껴졌다. 초원사진관과 갈대밭의 바람 소리가 서로가 공유하는 공통 이미지였다.

그러나 대화가 조금 더 깊게 진행되자 서로 입장이 미세하게 다름을 느낄 수 있었다. 〈8월의 크리스마스〉에서 나는 정원한석규 분의 정서를, 그분은 다림심은하 분의 정서를 따라가고 있었다.

정원이 자신의 죽음 뒤 남겨질 아버지신구 분에게 리모컨 조작법을 가르쳐드리는 장면은 도무지 잊히지 않는다. 선뜻 다가온 사랑에 마음을 내어주지 못하고 혼자 간직하는 정원의 무표정한 듯 안타까운 표정은 아직도 기억이 난다. 이 모든 것이 일상이듯 마루에 걸터앉아

무심히 발톱을 깎는 동안 내리쬐는 따사로운 햇빛도…….

'어떻게 사랑이 변하니?'와 '라면 먹고 갈래?'라는 대사로 유명한 〈봄날은 간다〉도 마찬가지였다. 나는 상우유지태 분의 감성을, 그분은 은수이영애 분의 정서를 따라가고 있었다. 누가 가르쳐주지 않았어도 내 딸아이는 마론 인형을, 아들 녀석은 자동차 장난감을 좋아했던 것처럼 아무래도 남성과 여성의 시각 차이가 조금은 있는 듯했다.

그래도 연분홍 치마를 차려입고 몰래 집을 떠나는, 자신만의 방법으로 이 세상과 작별하는 할머니의 뒷모습이 너무도 강렬한 이미지로 남아 있는 점은 동일했다.

나는 어렸을 때부터 지금까지 활자중독이라 할 만큼 장르를 가리지 않고 글 읽기를 좋아했지만 비평가 혹은 평론가들의 글은 별로 읽지 않는다. 자신들의 전문 지식을 이용해서 다른 사람의 작품과 정서를 해부하는 것이 아무래도 불편하기 때문이다. 그것이 그들의 일이라는 것을 알지만 그래도 그런 종류의 글을 읽으면 체한 것처럼 불편한 게 사실이다. 내가 감명 깊게 본 영화에 대해 잘 이해되지 않는 용어들을 써가며 낮은 평점을 주는 일이 많기 때문이다. 나는 감명을 받았는데 말이다.

중·고등학교 시절엔 교과서에 시, 소설, 수필 등 좋은 작품이 많이 실렸다. 이 작품들을 공부하면서 내용 파악은 물론이고 조사, 접속사 등의 숨은 의미에 대해서까지도 해부를 넘어 완전 해체 수준으로 달달 외웠다. 일제강점기나 계몽운동 시대 작품들은 외울 것이 더 많았다. 숨은 의미가 더 많았기 때문이다.

그때 현대시도 공부했는데 교과서에 자신의 작품이 실렸던 한 작가가 TV에서 이런 인터뷰를 했다.

"전 그냥 단순한 의미로 쓴 문구인데 해설서를 보니 아주 많은 의미를 부여했더군요. 제가 그 정도로 유식하진 않은데 말이죠."

내가 〈8월의 크리스마스〉를 좋아한다고 말하는 이유는 단순하다. 마음에 오래 남아 있기 때문이다. 이후 영화의 주제곡이 내 노래방 십팔번이 될 정도였기 때문이다. 나는 기억력이 별로 좋지 않아 영화의 대사를 잘 기억하지 못하는 것은 물론이고 심지어 영화를 보다가 과거에 봤던 영화임을 알아채기도 할 정도인데 말이다.

흔히 음악은 아는 만큼 들리고 미술은 아는 만큼 보인다고 한다. 그러나 지식이 먼저 자리 잡고 그 지식에 끼워 맞추는 성지순례식 문화 감상은 천편일률적인 느낌을 양산해낸다. 그 분야에 해박한 지식을 가진 사람이 느낀 것을 나도 마땅히 느껴야 한다는 부담 속에 접하는 문화에서 감동을 느끼기란 쉽지 않다. 내가 느끼는 감정마저도 강요받는 느낌이 들기 때문이다. 그쪽 분야에서 많이 공부한 이들의 친절한 가이드를 따라 가는 것도 문화를 접하고 이해하는 데 도움 되겠지만, 그보다 우선해야 할 것은 그런 문화를 접할 때 내 마음이, 내 감정이 무엇을 느끼는가이다.

오래전 루브르 박물관을 방문했을 때, 한참 동안 자리에 선 채 한 그림을 바라보며 자신의 노트에 무엇인가를 메모하던 한 할머니의 뒷모습이 기억난다. 분주한 일상을 사느라 제대로 음악도, 미술도, 심지어 책도 제대로 접할 여유가 없었던 우리이지만, 어느 순간 걸음을 멈추게 만드는, 마음에 뭔가 덜컥 신호가 오는 것을 느낄 수 있는, 아주 오랜 시간이 지나도 기억에 남는 작품을 접할 때가 있다. 그 작품이 자신이 좋아하는 작품이다. 그런 작품은 평론가가 아니라 마음이 정해준다. 그런 작품에는 평론이나 비평보다는 공감이 어울린다.

은행잎과 그림자

가을 정취가 완연한 어느 날 어스름해질 무렵 귀갓길,
바람이 많이 불었는지 지하철에서 내려 집으로 향하는 길에
단풍잎이 떨어져 카펫처럼 깔려 있다.
가을이면 황금빛을 뽐내며 사람들의 찬사를 한 몸에 받던
예쁜 은행잎도 가지에서 떨어지는 순간 발에 밟혀
이리 구르고 저리 뒹구는 쓰레기가 된다.
그야말로 한순간이다.

짧게라도 너희에게는 빛나는 순간들이 있었지.

저무는 태양을 등지고 은행잎을 밟으며 걷는 내 발 위로
내 그림자가 보인다.
화려한 태양만 좇을 때는 존재를 잊어버렸던 그림자.
그러나
햇빛이 내 등 뒤로 숨고 나면 알게 된다.
그림자가 나와 늘 함께 있었음을
내 등만 보며 종일 나를 따라왔음을
한 번도 나를 떠난 적이 없었음을

그림자를 본다는 것은 나의 숨은 뒷면을 본다는 것이다.
뻣뻣이 고개를 든다는 것이 아니라 겸손히 고개를 숙인다는 것이다.
앞만 보고 달리는 것이 아니라 뒤를 돌아본다는 것이다.
미련 때문이 아니라 조금은 자신에 대한 생각이 깊어진다는 것이다.

태양이 저물어가며 내게서 멀어질 때
그림자의 키는 더 커져간다.

주관적인 그리고 객관적인

"내가 객관적으로 보면 말이야……."

사람들과 대화나 토론을 하다 보면 자신이 객관적이라고 우기는 사람이 많다. 그런데 자신이 객관적이라고 생각하는 자체가 너무 주관적인 생각 아닐까.

내 생각과 관점이 제한적이고 주관적일 수 있다고 인식하면 상대방의 생각과 관점도 내 것만큼 중요하다고 받아들일 수 있게 된다.

자신에겐 냉정하게
남에겐 관대하게
현실을 정확하게
역사는 균형 있게

이렇게 볼 수 있으면 그나마 객관적이라 할 수 있겠지만 나는 아직 이런 사람을 만나보지 못한 것 같다. 이것도 너무 주관적인 생각일까?

그때 만약

두 개의 강연이 연속으로 잡혀 있는 날이었다. 하나의 강연을 마치고 운전을 해서 다른 강연 장소로 가는 중이었다. 시간이 조금 빠듯했다. 그런데 길 옆 주유소에서 나오는 한 차량이 눈에 띄었다. 운전대에 딱 달라붙어 두리번거리는 모양이 아무래도 초보인 듯 보이는 여성 운전자였다. 도로에 지나가는 차량이 많아 쉽게 끼어들지 못하는 것 같았다.

나는 차 속도를 줄이며 내 앞으로 끼어들라 손짓을 했고 그 차는 내 앞으로 들어왔다. 그런데 감사의 표시로 비상등이 켜지길 내심 기대했지만 그냥 쌩 하고 가버렸다. 꼭 고맙다는 인사를 듣거나 생색을 내고 싶어서는 아니지만 스트레스 가득한 운전길에 작은 에티켓을 통해 서로 마음을 즐겁게 할 수 있는데 조금 아쉽다는 생각이 들었다. 에티켓이 없어서가 아니라 그것이 에티켓이라는 것을 잘 모르거나 경황이 없어서 그럴 거라 생각했다.

그런데 바로 앞 사거리에서 신호가 비뀌는 순간, 내가 양보했던 그 차는 지나가고 나는 신호에 걸려버렸다. 그리고 이후 모든 신호마다 내 앞에서 신호가 바뀌었다. 시간이 빠듯했던 나는 결과적으로 무려 10분이나 늦게 목적지에 도착했다. 강연을 주최한 담당자에게 연신 미안하다 사과하고 이미 사람들이 다 앉아 있는 강연장으로 부랴부랴 들어갔다.

누구나 이런 경험이 있을 것이다. 호의를 베풀면 꼭 그 때문에 피해를 입는 경험 말이다. 그럴 때 이런 생각이 들기도 한다.
'그때 모른 척하고 그냥 내 갈 길을 갈걸!'

살다 보면 '그때 만약 다른 결정을 했더라면' 하는 생각을 할 때가 있다.
'그때 만약 버스를 타지 않고 지하철을 탔더라면', '그때 만약 그 모임에 나가지 않았더라면' 하는 사소한 생각부터 '그때 만약 대학이나 전공을 다르게 선택했더라면', '그때 회사를 옮기지 않았더라면' 같은 중요한 결정에 관한 생각도 있다.

부질없는 생각인 줄 알면서도 이런 생각이 많이 드는 것을 보면 아무래도 철이 덜 든 것 같다. 자꾸 남의 떡이 더 커 보이니 말이다. 자꾸 다른 사람의 인생이 더 부러워 보이니 말이다.

그런 생각이 들지 않도록 열심히 내 앞에 놓인 일들을 잘하고 내 사람들에게 성심을 다해 마음을 쓰면 아무래도 후회는 조금 줄어들 것 같다. 그러면 '그때 만약'이라는 과거에 대한 미련보다는 미래에 대한 생각을 조금 더 알차게 할 수 있지 않을까.

그럼에도 여전히 그때 그 차에게 양보한 것은 잘한 일이라 생각한다.

'그때 만약'이라는 가정이 부질없는 생각인 줄 알지만 재미있는 생각이 하나 들었다.

그때 만약 오스트리아의 국립예술학교 교장이 히틀러를 불합격시키지 않았더라면 제2차 세계대전을 막을 수 있지 않았을까?

뒤돌아보는 게 뭐 어때서?

힘이 들어 낑낑거려도 높은 산을 넘고 나면 성취감을 느낀다.

그러나 흐르는 땀을 식히며 한숨 돌리는 것도 잠시, 고개를 들면 더 높은 산이 떡하니 눈에 들어온다.

그 산 너머에는 또 다른 산이 있는 것을 알지만 너무 높은 산이 아니길 바라며 또 신발을 고쳐 신고 산을 향해 발걸음을 뗀다.

살다가 힘이 들면 몸을 돌려 뒤를 돌아보면 된다.

절대 뒤돌아보지 말고 앞만 보고 걸어가라는 것은 자기계발서에나 나오는 이야기다.

뒤돌아보는 것이 뭐 어떤가.

'내가 저 험한 길을 이만큼 걸어왔구나' 하는 생각에 스스로 위로가 되는데 말이다.

잠시 그늘에서 땀을 식히며 내가 걸어온 길을 돌아보면 괜스레 서글픈 마음도, 뿌듯한 마음도 든다.

저만치 어디쯤에서인가 걷고 있을 때 마음 아팠던 기억도, 어디쯤에서인가는 뛸 듯이 기뻤던 기억도 떠오른다.

서글픈 마음도, 뿌듯한 마음도 다 지금의 나를 있게 만들어준 감정들이다.

그래도 느린 걸음이지만 발을 떼자면 '저 너머엔 무엇이 있을까' 하는 궁금증 하나는 내려놓을 수 있다.

또 하나의 산을 넘었을 때, 또 하나의 모퉁이를 돌았을 때 그곳에 무엇이 있어도 좋고 무엇 하나 없어도 좋다.

심지어 전에 걸었던 길임을 깨달아도 나쁘지 않다.

중요한 것은 내가 지금 걷고 있다는 사실이니까.

경청은 머리가 아닌 마음으로

시간이 흐르면서 내 의지와 상관없이 참석해야 하는 모임이 많아졌다. 역시 책을 쓰는 친구의 손에 이끌려 경제경영서와 자기계발서 저자 모임에 참석한 적이 있다. 참 기억에 남는 모임이었다. 끝까지 앉아 있기 너무 힘들었기 때문이다.

매스컴이나 책을 통해 안 유명 저자도 있었고, 각종 단체를 이끄는 인사도 있었다. 전부 자기의 분야에서는 내로라하는 이들이었다. 자신의 전문 분야에 대한 책을 쓴 데다가 강의도 많이 하는 사람들인지라 말발도 엄청났다. 거의 모두가 어떻게든 자신이 아는 것을 하나라도 더 말하려고 애쓰는 중이었다. 조금 과장을 보태면 듣는 사람은 없고 전부 동시에 말하는 느낌이었다. 유치원처럼 말이다.

어선들이 밤새 생선을 잡아서 항구로 돌아와 바로 경매를 하는 새벽 어시장에 가본 적 있는가? 그날의 모임은 마치 부산 자갈치시장에서 방금 잡아온 수많은 생선을 판매하기 위해 사람들이 모였는데 사려는 사람은 없고 경매사들만 있어 모두 동시에 경매가를 외치는 느낌이었다. 학생은 없고 선생만 수십 명이 한곳에서 동시에 강의를 하는 것처럼 느껴지기도 했다. 그렇게 자신이 알고 있는 것들을 드러내지 않으면 마치 몸에 나쁜 병이 들기라도 하는 것 같았다.

그런데 더 재미있는 것은, 그들은 자신의 책에 거의 대부분 '경청'의 중요성을 쓴 사람들이라는 점이다. 경청은 글로는 실천이 어려운 것이다. 살아오면서 나도 '아, 저 사람은 정말 경청을 잘 하는구나'라고 생각되는 사람을 만난 적이 별로 없는 것 같다.

경청에 대해서는 따로 전문가가 존재하지 않는 것 같다. 학벌이나 사회적 지위와는 더더욱 상관이 없는 것 같다. 그것은 지식과 머리로 하는 것이 아니라 마음으로 하는 것이기 때문이다. 배려의 마음과 겸손의 마음이 있어야 가능한 것이기 때문이다.

가객 장사익

가을이 깊어지면 터질 듯 배부른 밤이며 도토리가 후두둑 빗소리를 내며 땅에 떨어진다. 이 시기에는 다람쥐들이 정신없이 바빠진다. 겨울 내내 먹을 양식을 비축해야 하기 때문이다. 다람쥐는 열심히 도토리를 주워 이곳저곳에 감춘다. 기껏 힘들게 자기만 아는 땅속에 도토리를 감췄지만 그새 떨어진 낙엽에 가리어 절반 이상은 자신이 감춘 도토리를 다시 찾지 못한다. 그러나 다람쥐들이 정성스레 땅에 묻어놓고 찾지 못한 이 도토리들이 봄에 새순을 피우고 큰 참나무로 자라나 숲을 이룬다.

10년도 넘었나 보다. 회사 후배의 결혼식에서 있었던 일이다. 평범하게 예식이 진행되는데 축가 시간이 되어서 갑자기 사람들이 웅성대기 시작했다. 보통 결혼식 축가에 볼 수 없는 옷차림을 한 사람이 앞에 선 것이다. 하얀 두루마기를 입고 머리도 희끗한 초로의 사내였다.

'남의 결혼식에서 살풀이라도 하려는 것일까'라는 생각도 잠시, 구성지게 우리 가락을 불러 젖히는 그의 노래에 흠뻑 빠져들었다. 내용은 기억나지 않지만 어깨가 들썩이는 가락에 함께 박수를 쳤다. 전통

적인 노랫가락은 빠르고 경쾌했지만 그의 목소리에는 뭔가 모를 삶의 무게, 묵직한 회한이 담겨 있는 듯했다.

나중에 신혼여행을 다녀온 후배에게 물었다.

"참 인상 깊은 축가였어. 그런데 그분은 누구지?"

"작은아버지세요. 가수라고 해야 하나? 보통 가객이라고 하던데요? 제 결혼식 축가는 꼭 직접 해주고 싶다고 하셨거든요."

장사익이었다. 그분의 이름은 매스컴을 통해 들어봤지만 노래를 들은 것은 처음이었다.

가객 장사익. 한 책에서 박웅현은 장사익의 이야기를 소개한다. 삶의 애환이 담긴 구성진 그의 노래는 재즈에 견줄 정도로 특별한 형식이 없다. 따로 전문적으로 배운 것도 아니다. 별 재주가 없어 보험사에서 사무를 보고, 점심 시간에 빌딩들에서 쏟아져 나오는 직장인들을 부러워하며 가구점에서 가구를 배달하고, 카센터에서 손님에게 커피를 타주다가 마흔이 넘어서야 소리꾼으로 꽃을 피운 사내다. 그는 어릴 때 웅변을 배웠고, 직장생활을 하면서는 스트레스를 풀기 위해 그저 마음 가는 것들을 하나씩 배웠다고 했다. 그렇게 단소 1년, 피리 5년, 대금 10년, 태평소 3개월에 붓글씨를 배웠단다. 그 악기와 취미를 하나하나 해나갈 때는 무슨 계획이 있거나 큰 그림을 그린 것은 아니었다고 했다. 그런데 허접하게 보였던 그런 일들이, 심지어 전문 기술 없이 단순 노동이 전부였던 직업들조차 자신의 노래에 모두 도움이 되었단다. 나중에 보니 노래라는 집을 짓기 위해 차곡차곡 쌓은 벽돌이었다는 것이다.

지금은 유명을 달리한 등반가 박영석은 높은 봉우리를 정복할 때는 꼭대기는 쳐다보지 않고 바로 발 앞 1미터에 집중했다고 한다. 그 한 걸음이 쌓여야 정상 정복이 가능하다는 것이다. 이는 박영석이 사망하기 몇 달 전 장사익에게 직접 한 말이라고 한다. 박웅현이 그의 저서《여덟 단어》에서 '지금 내게 주어진 일을 열심히 하다 보면 그 의미 없어 보이는 일들이 연결되면서 나만의 별이 된다'고 한 의미와 일맥상통한다.

세상에 가치 없는 일은 없다. 나를 통해 이루어지는 일들이 알게 모르게 작용하여 하나의 열매를 맺는다. 그것이 한 사람의 인격이 되고 인생이 된다.

작은 다람쥐의 귀여운 실수가 참나무 숲을 이루기도 하는 것, 그것이 인생이다.

질투가 꼭
나쁜 것은 아니에요

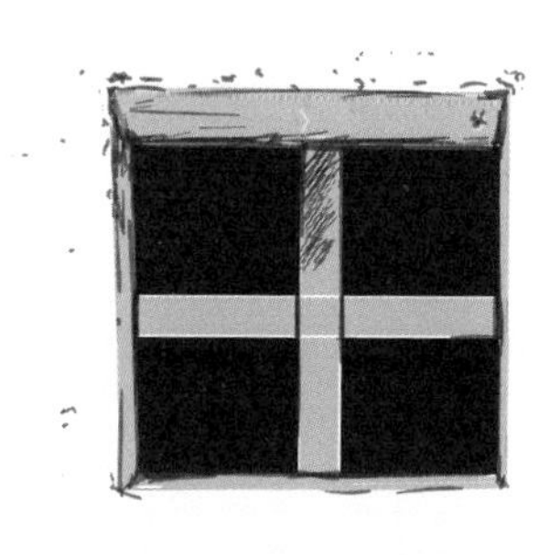

한 번은 인간관계에 관한 강연을 하는 중이었다.
나는 청중한테 자신에게 부정적 영향을 끼치는 감정을
하나씩만 말해보라고 했다. 한 사람이 '질투'라는 말을 했다.
그랬더니 다른 참석자가 손을 들고 한마디 했다.
"질투가 꼭 부정적인 감정만은 아닌 것 같은데요?"
자신의 친구는 일찍부터 남을 돕는 일에 관심이 많더니
이제는 유명한 사회사업가가 되어 본격적으로
남을 돕고 사는데 그런 멋진 인생이 질투가 난다는 것이다.

나보다 더 인기가 많은 친구, 나보다 더 잘나가는 동료에 대한
질투뿐 아니라 나보다 남을 더 잘 돕고
봉사를 잘하는 사람에 대한 질투는
오히려 세상을 아름답게 할 수 있다.
'저 사람은 어떻게 저리도 착할 수가 있지?'
'난 왜 저 사람처럼 살 수 없을까.'
'질투 나…….'
질투가 꼭 부정적인 감정은 아닌 것이다.

인생은 공평하지 않다

요즘 TV 프로그램 중에는 오디션 프로그램이 많다. 우리나라에 이처럼 노래 잘하는 사람들이 많은가 싶을 정도로 숨은 실력자가 많다. 그런데 출연자들의 직업을 보면 학생을 포함해 카페, 편의점, 식당 등에서 일하는 아르바이트생이 대부분이다. 연예기획사에 연습생으로 뽑혀서 몇 년을 열심히 연습했지만 정식으로 데뷔하지 못해 새로운 꿈을 꾸는 청춘들도 많다. 저마다 무대에서 자신의 노래로 사람들에게 감동을 주는 가수가 되고 싶어 하지만 현실은 녹록지 않다.

한때는 간절히 꿈꾸고 바라면 반드시 꿈을 이루게 된다는《시크릿》, 《꿈꾸는 다락방》 등의 책이 유행했다. 그러나 정작 저자들은 이 책들을 통해 자신의 꿈을 이룬 것 같다. 긍정적인 마인드와 용기를 심어주려는 의도는 알겠지만, 기성세대라면 현실 속에서는 아무리 간절히 바란다고 해도 정작 손에 주어지는 경우는 그리 많지 않음을 솔직하게 말해주는 것이 필요하다.

이보다 조금 더 나아가서 말콤 글래드웰은 그의 저서《아웃라이어》

에서 심리학자 안데르스 에릭슨의 연구 결과를 토대로 '1만 시간의 법칙'이라는 개념을 소개했다. 어떤 분야의 최고가 되기 위해서는 최소 1만 시간은 투자해야 한다는 것이다. 다산 정약용이 유배생활 동안 공부하고 또 공부하다가 복사뼈에 세 번이나 구멍이 났다는 고사인 '과골삼천踝骨三穿'과 일맥상통하는 이 개념은 한국 자기계발서 분야에서 엄청난 유행을 했다.

이후 안데르스 에릭슨은 1만 시간의 법칙 개념이 '얼마나 오래'라는 개념으로 오해되는 것을 보고 '얼마나 올바른 방법'인지가 더 중요하다는 개념을 담은《1만 시간의 재발견》이라는 책을 출간했다.

그러나 설사 올바른 방법으로 1만 시간 혹은 그 이상의 시간을 투자한다고 해서 다 성공할 수 있을까? 김연아, 박태환, 박인비 등은 앞으로 각자의 분야에서 그들을 능가할 선수가 나오기 어려울 정도로 독보적인 업적을 남겼다. 그러나 더 다양한 방법으로 이들보다 더 많은 시간을 투자했지만 평범한 수준을 넘어서지 못한 선수가 훨씬 많다. 오랜 시간 모든 걸 쏟아부었지만 꿈을 이루지 못한 것이 확신이 부족하거나 신념이 모자라서 그런 거라고 누가 함부로 단정할 수 있겠는가.

작가 백영옥은《빨강머리 앤이 하는 말》에서 매우 의미 있는 질문을 던진다.

왜 이 세계의 멘토들은 '그래서 죽도록 노력해봤냐?'라는 질문을 젊은이들에게 함부로 던지는걸까? 아무리 애쓰고 노력했는데도 안 되는 게 있다는 걸 왜 말하지 않을까?

자신이 가진 능력을 최대한 발휘하고자 노력하고 준비하는 인생은 고귀하고 값지다. 그러나 노력한다고 다 성공하거나 이길 수 없는 것이 세상이라는 걸 솔직하게 알려줄 필요가 있다. 이기는 사람보다 지는 사람이 더 많은 세상임을 알려주는 것이 더 정직하다. 또한 이기지 못한 게 실패가 아님을, 노력하는 과정 속에서 저마다의 인생 의미를 찾는 게 중요함을 더 강조해야 한다.

노력해서 가장 좋은 것은 이기는 것이 아니다. 지지 않는 것이다. 항상 이기는 것은 불가능하다. 그렇기 때문에 지지 않는 법을 배우는 것이 더 현명하다. 나아가 지는 법에 대해서도 배워야 한다. 노력해도 질 수 있음을 솔직하게 말해야 한다. 그래도 노력 자체가 중요한 것임을 강조해야 한다.

지금 우리에게는 "인생이란 공평하지 않다. 이 사실에 익숙해지자 Life is not fair, get used to it"라고 강조한 빌 게이츠의 현실적인 가르침이 더 필요한 것 아닐까.

평범하게 산다는 것

내 학창 시절은 지극히 평범했다. 사춘기 시절도 특별할 것이 없었다. 평범하게 대학에 입학했고, 남들처럼 2학년 마치고 군대에 다녀왔고, 복학해서 남들처럼 영어 회화도 배우고 취업 준비를 하다가 남들처럼 회사에 입사했고, 평범하게 서른에 결혼해서 평범한 아파트에 산다. 평범하게 딸, 아들을 하나씩 낳았는데 아이들도 평범하게 커간다. 지금처럼 평범하게 살다가 평범하게 생을 마감할 것 같다.

그러나 평범하게 사는 것이 결코 쉽지 않음을 느낀다. 주위를 둘러봐도 평범한 인생이 많지 않다. 뉴스를 봐도 평범하지 않은 이야기투성이다. 그래서 내 아이들도 나처럼 평범하게 사춘기 시절을 보내고, 대학에 진학하고, 직장에 들어가고, 결혼하고, 아이들 낳고, 지극히 평범하게 살아갔으면 하는 바람이다.

가장 평범하게 사는 삶이 가장 특별한 삶인 시대가 되어버렸다. 그것이 가장 어려운 시대가 되어버렸다.

어른이
되어보니

초판 1쇄 발행 2018년 8월 14일
초판 4쇄 발행 2019년 2월 25일

지은이 | 이주형
펴낸이 | 전영화
펴낸곳 | 다연
주 소 | 경기도 고양시 덕양구 은빛로 41, 502호
전 화 | 070-8700-8767
팩 스 | 031-814-8769
이메일 | dayeonbook@naver.com
편 집 | 미토스
디자인 | 디자인 [연:우]

ISBN 979-11-87962-52-6 (03810)

이 도서의 국립중앙도서관 출판예정도서목록(CIP)은 서지정보유통지원시스템 홈페이지
(http://seoji.nl.go.kr)와 국가자료공동목록시스템(http://www.nl.go.kr/kolisnet)에서
이용하실 수 있습니다. (CIP제어번호 : CIP2018024408)